U0714094

國家圖書館藏清人詩文集稿本叢書

第四輯

二

陳紅彦 主編

北京大學出版社
PEKING UNIVERSITY PRESS

醉經閣文稿

恒麟撰，七册，清光緒間稿本。

前六册書衣題「醉經阁文稿」，第七册書衣題「醉經阁詩文續稿」。「文稿」有目録，目録署名「月如恒麟」，署名下鈐朱文方印「如月之恒」，目録依次分爲「大學」(二十篇)、「中庸」(十五篇)、「論語」(一百零四篇)、「孟子」(二十二篇)四部分，「論語」部分文章數量最多。文章選取「四書」經典話語進行闡發，并作爲文章標題。目録末題寫「其文一百六十一篇，咸豐壬子(一八五二)夏日重校」。正文内容未按目録順序排列，首篇爲「論語」内容，正文卷端鈐陽文長印「醉經閣印」。「詩文續稿」書衣和卷端鈐陽文長印「醉經閣印」。無目録，正文右題「光緒己卯(一八七九)春正重校」，下鈐陽文方印「長白月如」。續稿正文分兩部分，前部分爲文稿，選取《論語》經典進行闡述，如首篇爲「行己有耻使於四方不辱君命可謂士矣」，次篇爲「孟孫問孝於我我對曰無违」，是本稿前六册内容的延續；後一部分爲數首試帖詩，如首篇爲「野含時雨潤(宋子問詩)」，是其《醉經閣詩稿》的延續。因其《醉經閣詩稿》亦題「光緒己卯(一八七九)春正重訂」，「詩稿」和本「文稿」極有可能於同一時期校訂完成，訂正於清光緒五年(一八七九)。

正文有朱墨筆圈點、修改和批校，如「論語」之「唯孝友於兄弟施於有政是亦爲政」篇，全文墨筆圈點，「未嘗一日敢怠政之職久矣」，墨筆改爲「未嘗一日忌有政之責久矣」；「又不難敬親之心」的「難敬」二字之間紅筆添加

「推」字，本頁眉批「遞字清穩」，次頁眉批「翻起政字向機得勢」；本篇末墨筆批點，「詞氣敷腴最爲可取」。恒麟此文稿較爲罕見，《清人别集總目》《清人詩文集總目提要》均未見著録。

（徐慧）

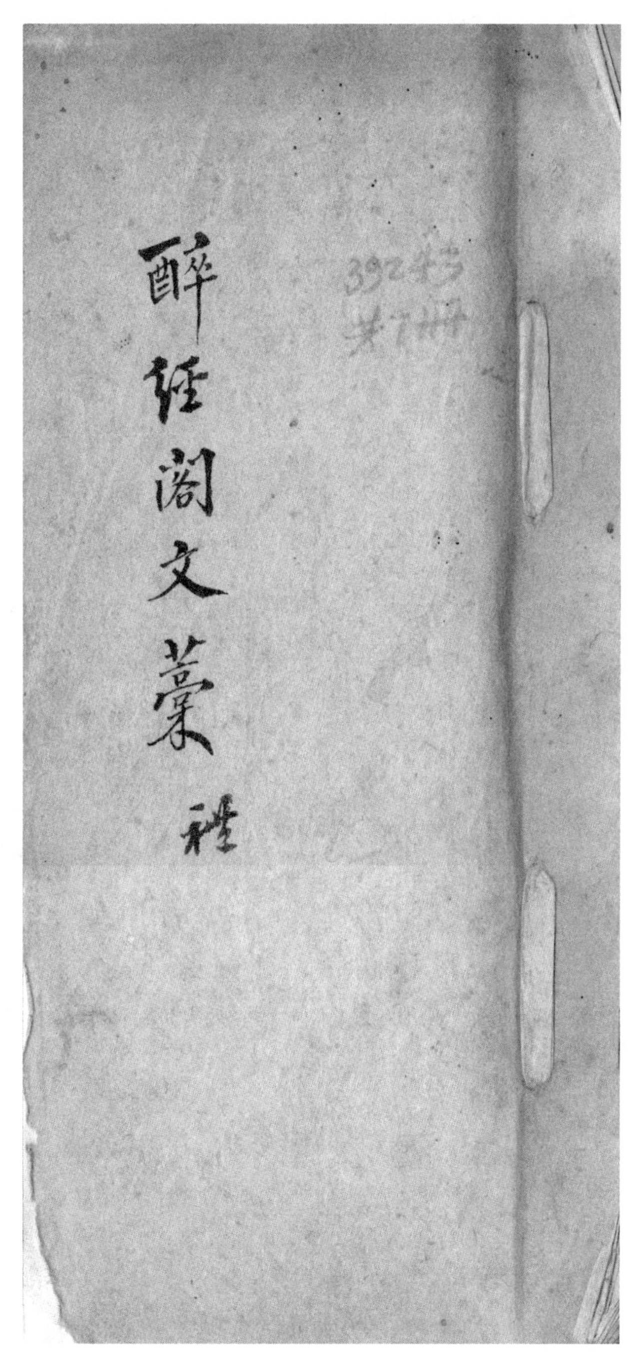
醉經閣文藁
禮

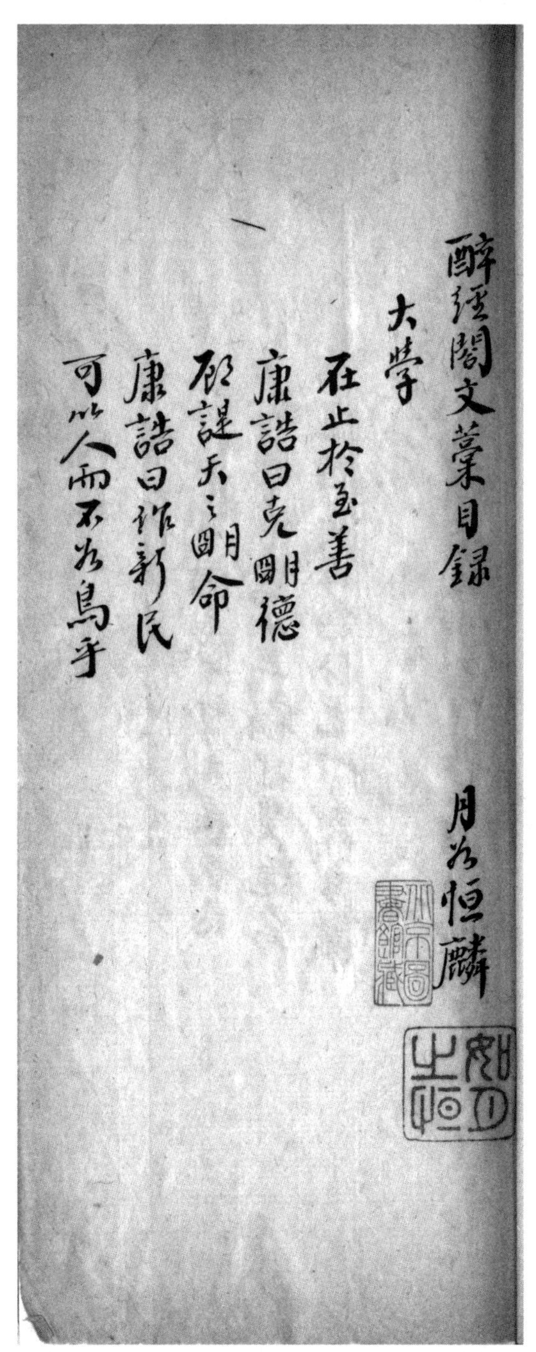

醉經閣文藁目録

月谷恒麟

大學

在止於至善

康誥曰克明德

顧諟天之明命

康誥曰作新民

可以人而不如鳥乎

爲人君止於仁
爲人子止於孝爲人父止於慈
無情者不得盡其辭大畏民志
至於用力之久而一旦豁然貫通焉
如惡惡臭如好好色此之謂自謙
見君子
之其所親愛而辟焉之其所賤惡而辟焉

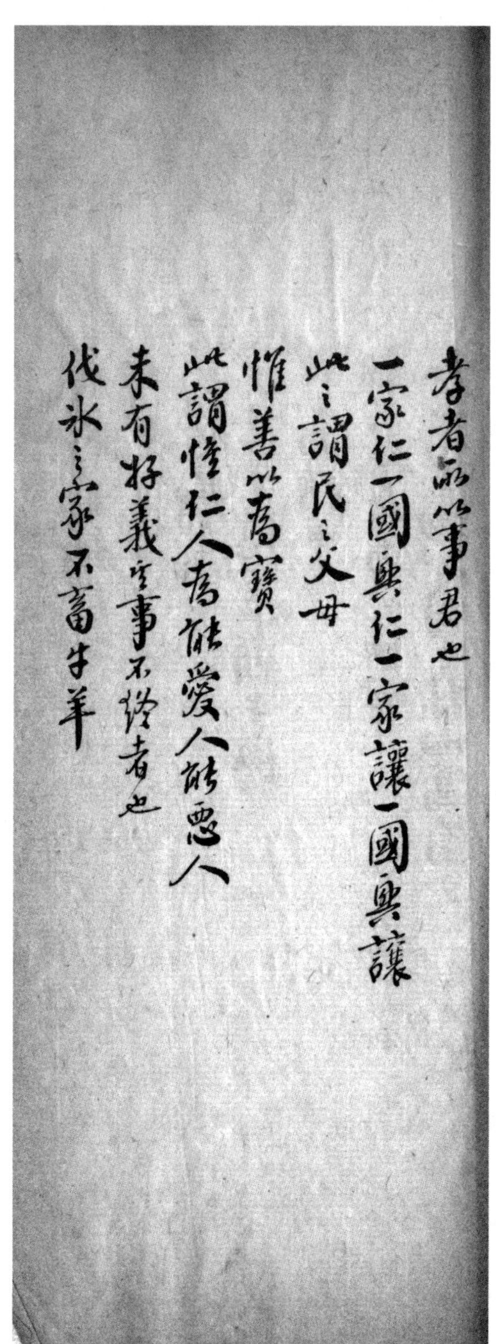

孝者所以事君也

一家仁一國興仁一家讓一國興讓

此之謂民之父母

惟善以爲寶

此謂惟仁人爲能愛人能惡人

未有好義其事不終者也

伐冰之家不畜牛羊

雖有善者

中庸

修道之謂教

莫見乎隱莫顯乎微

君子而時中

故君子居易以俟命

故天之生物必因其材而篤焉

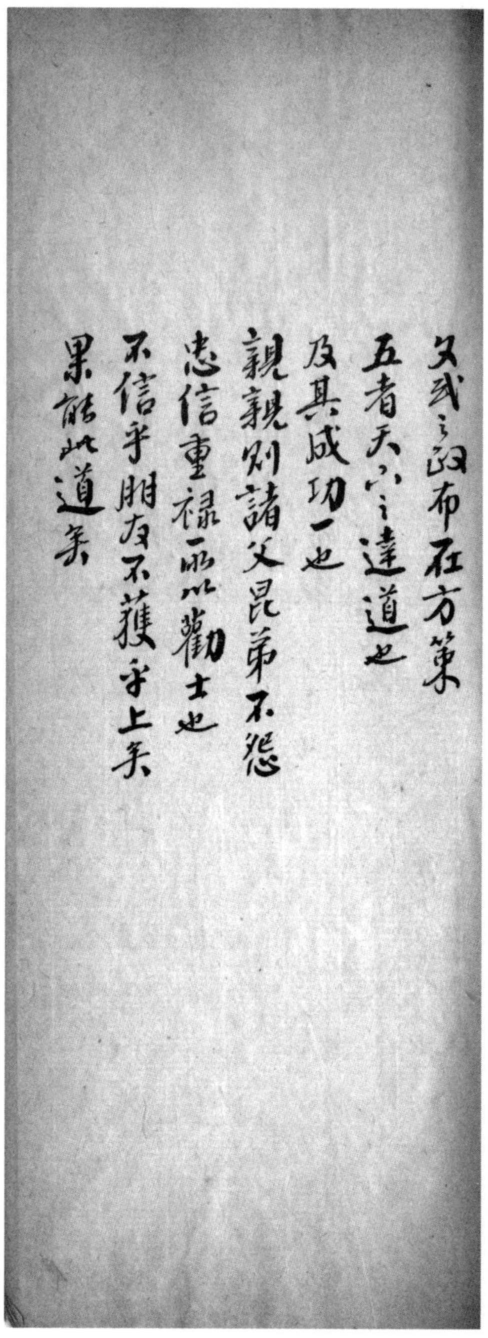

文武之政布在方策

五者天下之達道也

及其成功一也

親親則諸父昆弟不怨

忠信重祿所以勸士也

不信乎朋友不獲乎上矣

果能此道矣

今用之吾從周
遠之則有望近之則不厭
潛雖伏矣亦孔之昭

論語

其為人也孝弟
行有餘力則以學文
雖曰未學

雖曰未學吾必謂之學矣

不以禮節之亦不可行也

患不知人也

君子周而不比

攻乎異端斯害也已

舉直錯諸枉則民服

惟孝友於兄弟施於有政

林放問禮之本子曰大哉問

君使臣以禮臣事君以忠

仁者安仁知者利仁

惟仁者能好人能惡人

不去也君子去仁

好仁者無以尚之

有能一日用其力於仁矣乎

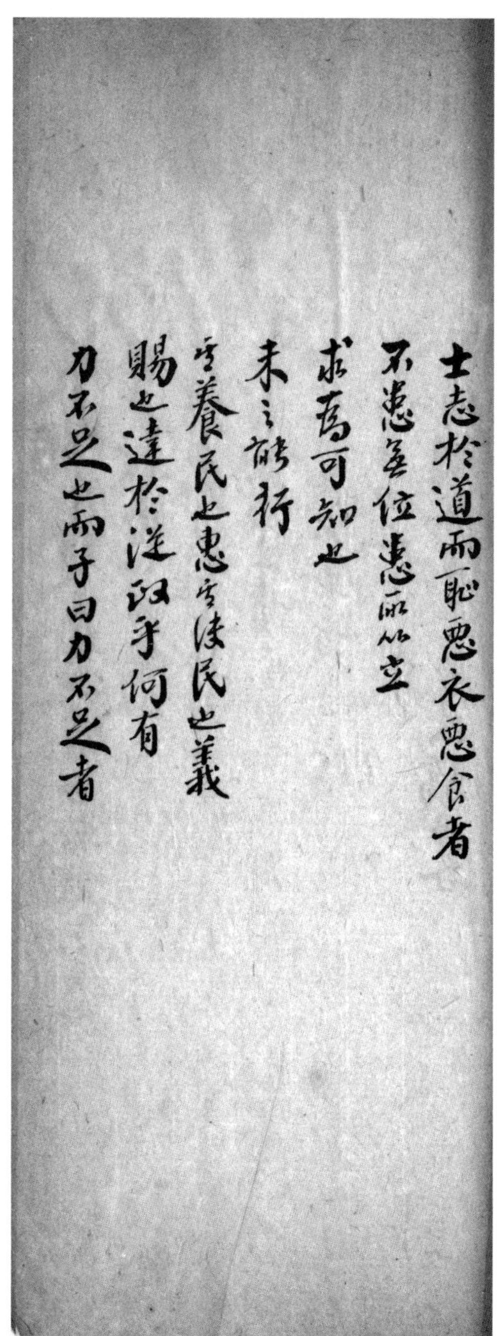

士志於道而恥惡衣惡食者

不患無位患所以立

求爲可知也

未之能行

其養民也惠其使民也義

賜也達於從政乎何有

力不足也而子曰力不足者

行不由徑非公事未嘗至於偃之室也

知者樂水仁者樂山

不憤不啓不悱不發

不義而富且貴

而從之其不善者

民可使由之

如有周公之才之美使驕且吝

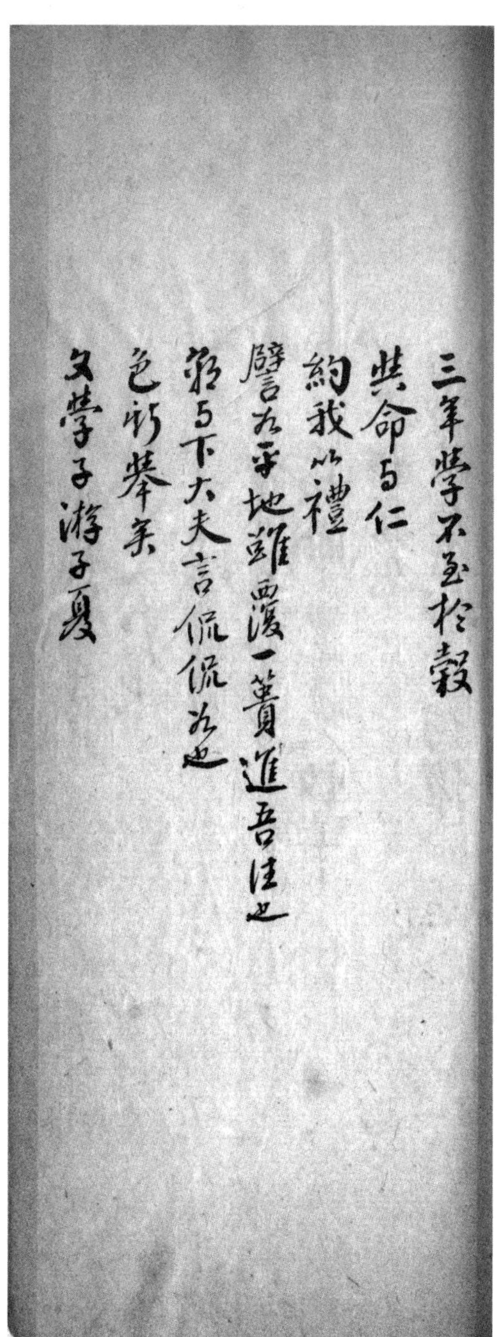

三年学不至於穀
共命與仁
約我以禮
譬如平地雖覆一簣進吾往也
朝與下大夫言侃侃如也
色斯舉矣
文學子游子夏

夫人不言言必有中

不踐迹亦不入於室

論篤是與君子者乎

君子者乎色莊者乎

求也退故進之由也兼人故退之

如其禮樂

內省不疚夫何憂何懼

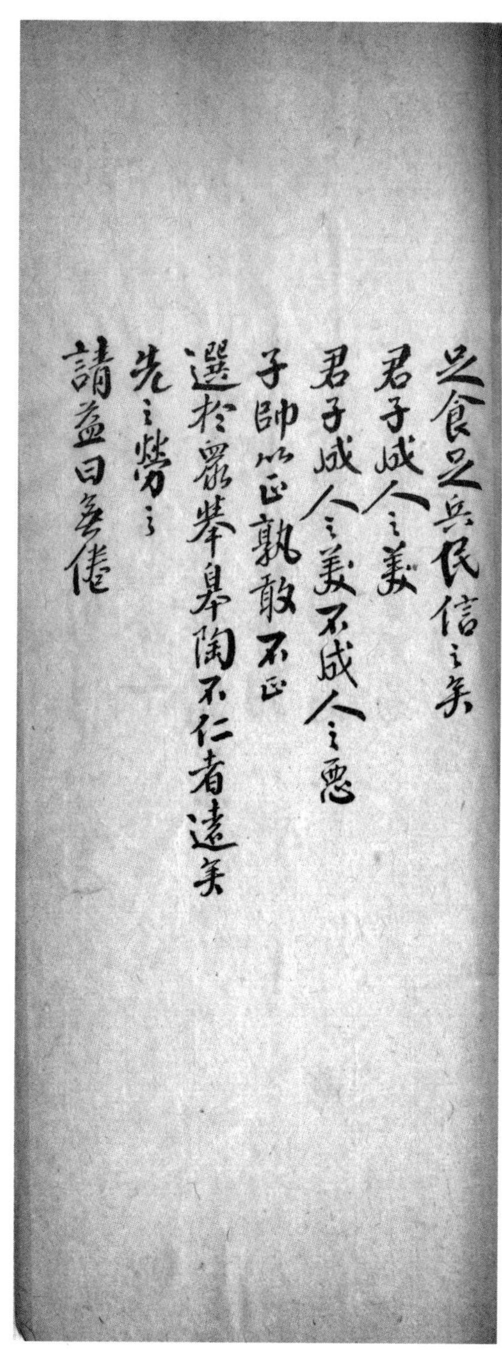

足食足兵民信之矣

君子成人之美

君子成人之美不成人之惡

子帥以正孰敢不正

選於衆舉皋陶不仁者遠矣

先之勞之

請益曰無倦

舉賢才曰焉得賢才而舉之

焉知賢才而舉之

君子於其言無所苟而已矣

使於四方不能專對

曰既富矣又何加焉

爲君難爲臣不易

人而無恒不可以作巫醫

君子和而不同

子曰未可也不如鄉人之善者好之

說之不以道不說也

朋友切切偲偲兄弟怡怡

有德者必有言

仁者必有勇

君子而不仁者有矣夫

東里子產潤色之
問管仲曰人也
齊桓公正而不譎
不以兵車管仲之力也
子聞之曰可以為文矣
其言之不怍
子路問事君子曰勿欺也

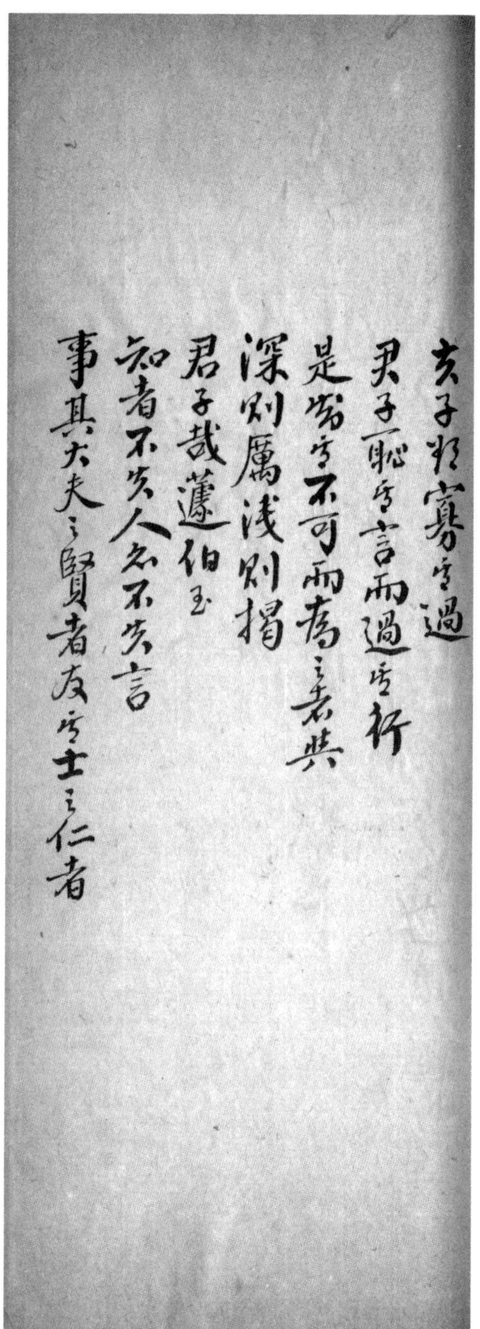

夫子欲寡其過
君子恥其言而過其行
是知其不可而為之者與
深則厲淺則揭
君子哉蘧伯玉
知者不失人亦不失言
事其大夫之賢者友其士之仁者

人無遠慮

而薄責於人

君子不以言舉人

小不忍則亂大謀

吾嘗終日不食終夜不寢以思

學也祿在其中矣

虎兕出於柙龜玉毀於櫝中是誰之過與

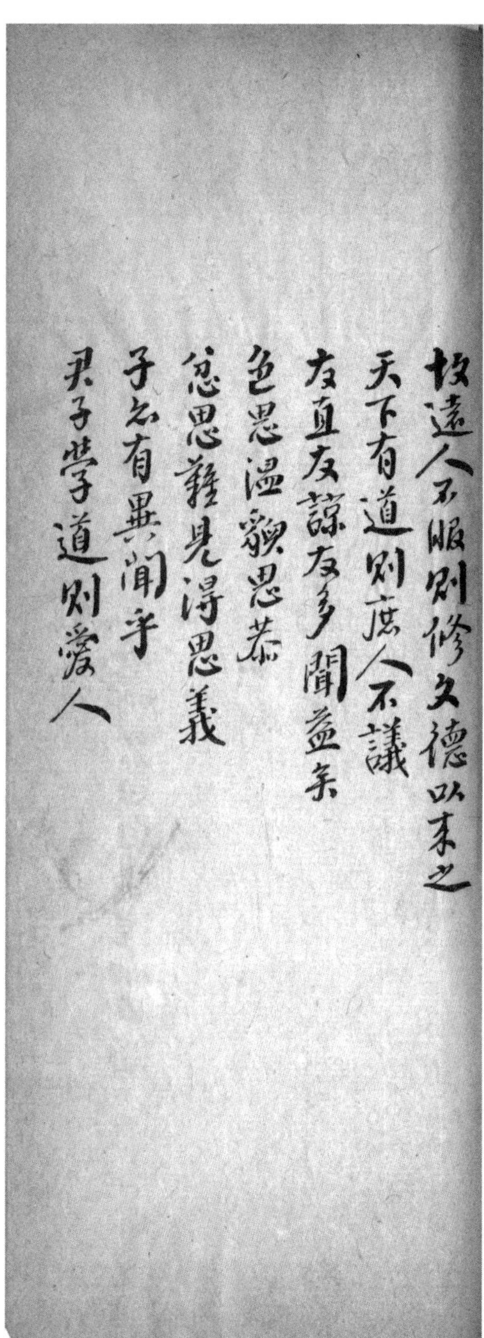

故遠人不服則修文德以來之

天下有道則庶人不議

友直友諒友多聞益矣

色思溫貌思恭

忿思難見得思義

子亦有異聞乎

君子學道則愛人

子曰然有是言也

不曰堅乎磨而不磷不曰白乎涅而不緇

可以群可以怨

邇之事父遠之事君

女爲周南台南矣乎

予爲不言

止子路宿殺鷄

君子信而後勞其民

仕而優則學

學而優則仕

孟子

填然鼓之兵刃既接棄甲曳兵而走

不違農時穀不可勝食也

壯者以暇日修其孝弟忠信

此文王之勇也文王一怒而安天下之民

君善見爲公曰諾

然而文王猶方百里起

輔世長民莫如德

徹者徹也助者藉也

夏曰校殷曰序周曰庠

爲天下得人者謂之仁

一歲而獲十禽嬖奚反命曰天下之良工也

居東海之濱聞文王作

以善養人然後能服天下

晉之乘楚之檮杌魯之春秋

君子所以異於人者

禹思天下有溺者由己溺之也稷思天下有飢者

由己飢之也

啓賢能敬承繼禹之道

金縢而王振之也

伯一位

惟君子能由是路出入是門也

有安社稷臣者以安社稷爲悦者也

況居天下之廣居者乎

共文一百六十一篇　咸豐壬子夏日重校

其爲人也孝弟

有無愧乎孝弟者乎爲人可想矣夫人必有所以爲人者而於孝矣弟矣不可想見乎爲人乎且人既爲親乎中處而爲人必當有以誠乎孝也顧所以誠之者或誠子職而事父或誠弟職而從兄此倫理之大端有誠之而終不克誠者苟能誠矣則固已無慚乎內矣不然擇是人也果何以無愧爲人乎卻或謂倫薄所以爲人也則愛尚已一言愛而離之然有不能自已者

收句極得神理

題以貴字推

清好

二比翻孝弟，抄是收去大字，好

愛國莫切乎事親之實，或謂縱肆非所以爲人也，則敬尚已。一言敬而業然有不敢少踰者，敬又莫先乎事長，是則所謂孝弟也。雖然名殊難矣，孝弟非徒事其文也，必順自然以發乎情，而洽庭內之休風與氣，豈不情者而能善全乎几杖懽虞第資栩歸昂以綿委婉之深心，孝弟非拘持一節也，必要乎當然以止乎義，而洽天倫之樂事耶，敦篤昧義者而能允協乎庸完命礎調少變通而以

是曲全之至難甚矣孝弟之難也今設有人焉於此熟審乎
二人之家處庭闈而無泰然之論焉循陔蘭而養潔無所
歡而菽水克諧祇本於心之不忍違以自將焉味順甜焉人不自
鳴焉能孝能弟也自他人擬之鮮不指而目之焉孝人也豈不
薄於父兄親戚焉甚於喬人之責式倫紀而殫備其論焉旨
擠以以激訪千何箴而愈疏移遠早動於心之亦敢出以自竭
焉情文踰焉人且自恐焉不孝不弟也自旁觀察之莫不指而

一庸行近事之意可以收也

奉旨曰孝為人也已矣惟於出入矣在高語為人者獨曰孝弟

庸行耳庸則莫備之敘祇屬尋常不皆新異而著睹

堯舜行華而生華勿誠有不得忽視為庸者世業有恃

國田昔而念究圖者求音得據庸行靜論之在遠鶩為人者

獨曰孝弟近事耳近則親睦之聯不踰耳目不皆樹背馳

忌之護帡闊墻勿悅之常華有不可拘言之近者當有

美堯家而稱則友者乘且由近事默指之坐為人也者弟

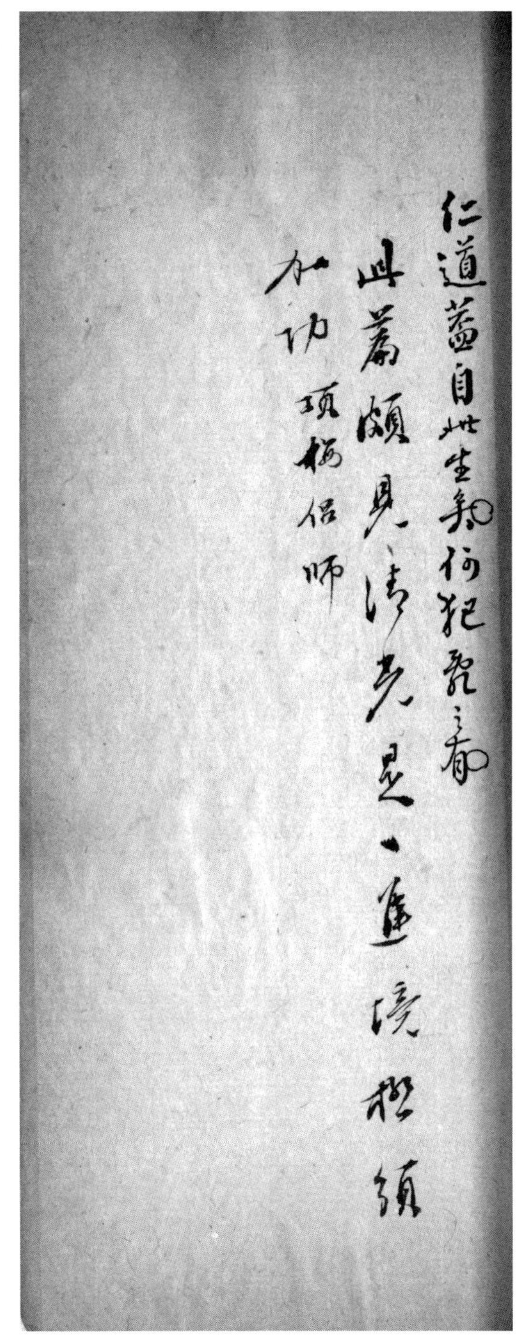
仁道藹自此生氣何犯亂之萌
此篇頗具清光是一進境趁須
加功　頂梅侶師

行有餘力則以學文

計餘力於敦行之後當無忽於學文矣夫行在弟子固不遺餘力矣而文亦未可忽也苟有餘力則學之子故重以勉耳今夫弟子之功不可懈懈之有餘也惟其耽於逸也亦不可懈之其餘也惟其不遑他也惟不奪其力而亦不曠其餘藉擇英華之氣足以潤推魯之風韻之高善用其餘乎爾為孝弟謹信親愛眾一小弟子所當亟於治無一非弟子所當盡力

誨云不肖也亦何暇別有所学哉不知百年之歲月性弟子倍覺其
長一日之精神性弟子偏多其暇有於行孝弟者有餘
損上分氏矣愛敬俱有良知率其性而已矣家庭骨肉天性循其之序
極功而何懲力亦何形竭謙和然而讀蓼莪而思罔極讀常棣而
念孔懷有益發其情性者矣何可以粗鄙安也有於行謹
信者有餘矣慎舉止於端方少年可卜老成之器凜語
言於樸訥矣日安閒佻達之風力又何形急絀遜和然而讓

少儀而識有常之義讀曲禮而知如誕之藏有更飾之物
恒者矣何可以質朴訕也若夫行親愛者有餘矣涼薄之
心不容漸長當前易導笑味愷惻之意於詩多求印
此已玩象觀之樂力寫何形迫促乎然而讀易而悟色蕊之象義
讀詩而知玫錯之首讀之益質古有更善之風擬者矣而可以識陋居
也然則既言餘也必有以道盡本六藝之事以歸於有用之於
讀六經之書以飾固學文之陋則學文以濟之行也可少緩哉

學文曰所以為其得如此法自不得泛文不用之其意無隔塞之病

文所以考其得失也思我才自詠所以求自律雖無隕越而

何則喜是何則喜心而頗高尚易而機慮亦此機慮之心何（此隱有漸至之勢）

可久藏也學則逆其心而文以壽之記者兼患餘音而歷者也（文元師友）

諸而古人則且踏實深幸有餘力發明游神於載籍精（如雍容一室既無愧乎彥周瀆謹無家且）

筆不先以文不知未後以文也至賢至誠渾蓋有義是其難蹈者而習而勵可須臾（此間之未）

哉柳家所以磨其行遇思我才自步趨而淺自牽固者乾（此有急致之轉言）

園而何以得是以此治躬自問為尚易而遠愧亦此遠愧之

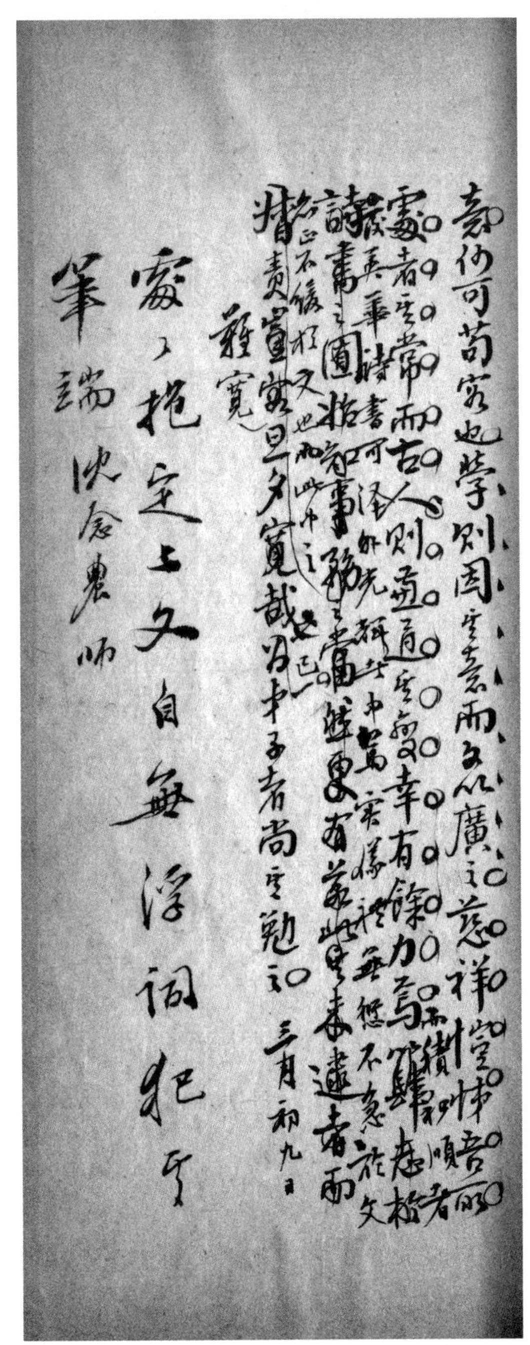

雖曰未學

有務爲未學者不妨姑縱之苟爲真未學則人道何以異而既以未學爲務爲豈誠篤論哉且世之悖事謗求者又以是閒爲之辭不屑肄業及此者亦是閒之何可廢哉特以謂吾是閒也祇此所以爲人之經乃不言人論克己者反指爲未嘗是知嘗閒也何實貴之已哉也若其親賢友始是實誠並是豈獨衣之將猶未篤於南陔之養猶未誠於采薇之思伐木之信猶未

原文在借上未字思致絕佳

協韻而圓皆備於才知宏深粗鄙自安未嘗致功於學也何
必至此而孰意有抑之爲未學者之詞章之紛富綺想
之致力於綱常者之隨風徨不遑而空曠高深呼嗟之業耶
約而不能博務博者遂流之空疏意者風雅之和寓物想之
寄心於倫物者祇欲襟識自高而不必傳也而著作之壽耶
覽而不能文尚文者遂插之鄙陋抑之白未嘗有由來氣而
吾且思知學即理所由當以稽之言當然而達理以行者

知今謂以一身全衆論而俯仰咸宜末學者理細而是當而
而且曰末學識刻論也然不可從從刻也蓋諸而所存未學
者固礙然倫理中人也宋末學則必何自明必有先先之所同然而昧
心以出者知今既以形外者識中而類推曲畢末學者心總萬變
明手而程曰末學理物多也然不能輕任其轉也蓋諸而指摘
斯學者固能然篤實中人也士夫義者德行之義豈未嘗
而不寬其美然後負懟於德行不以爲末學者之預縱阻覺

然不敢薪集和然者雖鄙之以面墻不通肩人處見則然

詩書者身心之範豈未學而可識然後遺賜璠松集

心知治未學者之悍然勿勞則不容聰集和然者雖識者無

術志祇爲士之迂誤則然乃雖曰未學吾果未學吾意固信

吾高學集

初作本而題高雅從處字體會

以成題神　頃樓侶師

用古文起君
渾一折抑人下
句

雖曰未學吾必謂之學矣

有務爲誠意未學者，賢者特至矣。爲其曰未學，必爲人道未爲也。
苟已爲之[illegible]仍不語之已學耳。且吾惡怪人之好議論而樂揭人之短
者也。其揭人之所短未必能躬[illegible]其所長也，所有實踐之可憑而猶
必執文藝以相繩，因勢必置躬行而棄顧不[illegible]，豈知倫紀克敦，亦固已
修儒而無愧，即爲賢親君友各盡其誠，於是乎[illegible]與於學也明
甚。乃孰意有抑之曰未學者，[illegible]者補[illegible]未當[illegible]謂[illegible]

天下理之不可以遠以論之必搖文

之末以与修古競奇華能不返於思混乎
闈藝者遊騖而藝人所冥暇也者至讀於綱常倫紀然至
自失肥識者猶不禁
有
序而枝至施於講習輒詫乎至苦迷則詞而未能博稽者
負慚博稚已天下事亦不可以刻意求也必執似數以頌
遂誚至空疎意者文雅之業欄致東文雅風學之風流而
其伊人詠二語飾能不康然自返乎
藝今有所不備也積至誠於敦庸秩叙肫肫者獨知勤修而考
至業於說理韶詩禄者猶自缺畧則簡而不能文尚文者遂
無愧闇室者靜不禁
貽訊大進之
植至鄙陋至未學有經陵勤雖然人之所重契夫學與學之
所實稗乎人者果何謂哉古詩書之垂訓祗此民彝物則

激而導之知覺之良，蓋有必如是，則始可言學者護身心之助

立德乃為完人。終淹雅之名，餘游藝特其餘事，無輕重關頭

而易見也。而今既異倫攸敘矣，聖賢之持修，不過日用倫常

切而求諸本原之地，蓋有不如是則學程不學者抱憾天倫難入

儒林之傳，不踰大德，獨從鐙獨行之書，無以失又較然可知也。而

茲既卒履不越矣，吾必謂之學矣。其學所關鉅，關者乃能成事

而不清識思事在賢者，而煉求與思時切湖洄之慕事在父母

而春暉思報，無深晨昏之懷；以至鞭掌則采杞無嗟，同心則在蘭，而心事在君友無不為極。一念之純誠，是吾事無不當，即吾理無不明，亦即吾學無不殖也。而敢以弇鄙少之學，所以明心明者，乃能施諸身，而有志試思身當賢，而中心篤將意，符杖杜之章；身當事親，而罔極酬恩，隱合蓼莪之義；以至立朝紉佩匪躬之訓，出話如承騰口之箴；身當事君交友，皆有當於先民之矩矱。是吾身無不修，即吾心無不明，亦即吾學無

不究也，而遑以淹貫覈之？夫高博譏雅名或貫眾於若此，吾見

未學之有存也。而讀聖賢書，識所學者何事，吾必謂學之有

素也。學者盡審諸。　三月初九日

沈念農師

不以禮節之亦不可行也

禮矣於無節以和之不行有在矣夫禮雖貴於和要必有節而後可行也無節則無禮而亦可行矣且先王懼樂之勝而流也於是制禮以節之防而名教中有樂地正此所以行之而無不利也乃有不以名教為樂而執乎名教之外以為樂不知執乎名教之不可以一也以為又焉可以云樂夫乃知措則正而施則行人心之至安且順者固在也徵不在此也若禮既亦以和為用固宜無不行矣而其如當和而和

者何哉事必得其理而後安天下惟行之安者可以爲綱紀彝倫秩然有條而不紊而此中之案易自存則得其理而心安不得其理不安也而理之序言理也事必循其分而後順天下惟行之順者可遠爲尊卑大小肅然有等而不踰而此中之涵陶自深則循其分而情順不循其分不順也而禮以固其分也是則從言行也必有節也舍禮何以哉而知和而和者不能皆從徒襲乎禮之跡也繼乃鄙其徒襲也而輕而侮之以爲率性而行得乎禮意而禮之跡亦

不拘則曉畧形骸自長其戲渝之習始程束縛乎禮之文也逮
乃苦其束縛也而厭而棄之以爲徑情以行舍乎禮文而禮之真自
在則蕩踰閑檢徒（益）自矜其任達之風於是而非行也其亦乎哉人
情之接納也日近而日親無不難其時倚仰而檢束之心身悉淪
湮於波靡之衆苟人生共此禮儀即和同爾儆而登大雅之庭勝
則相喻戒乎相語必有行之不妥者諷寶箴之化不曰加倍知恩
乎乃至於俱善積狎侮漸起惕見慢易不可於晉接矣哉譆

不可於語言矣能不可於燕享矣任一心戲豫之私失斯觀
瞻之範乎是嘆其禮而不安者而知節之禮而安而可行也尚而
謂惰禮瀆濫也世態之譸張也愈莊而愈黷每不離隨俗雅浮
化而修士之風範或汩沒於燕僻之侶矣人生只此禮義即和易
與人而處尋常之地而等威不設名分莫濟者行之而不順者
思周行之示不自示民不怪乎迨至形跡不拘傲惰浸長即是亂
樂為廣不可行於宮闈矣少長其序不可行於鄉黨矣推擴

不肅不可行於朝廷矣任一己之從恣致百度之乖違于是嘆
速事禮而不順者不於節以禮而順而可行也此所謂善禮不行
也學者念諸

楊卓齋師 後凡不註者准此

患不知人也

聖人進之所當患而人不可不知矣夫人宜知也而豈易知也、子所以進言之患而高患不知己者進一說耳、且世之輕於交際者大抵自謂知人耶知知人固不易知人之未易乎況於知知之原而於天下之物理窮澄乎知之證而於凡物無遁情使能探本以誠而探治者曰吾知人吾恐其知愈廣其害愈深將不必歷所遇從己也為人不己知此第人之不知人耶

伏中二比

而何足爲吾患哉。患之在人者無患淺，患之在己者無患深。夫自相接以和，不接以情，而接以文，彼方負不知人之罪，而吾代爲之憂，抑何無舍於近而留於遠也。患之在人者無患小，患之在己者無患大。夫自相識而後，乃徒識吾面而不識吾心，彼方致不知人之尤，而我貽以戚，抑何無責人詳而待己約也。亦思夫吾所罹深之患，和謂人之不知人患在人，謂己之不知人患在己也。一人已之比例，而患莫深焉。抑思夫吾所

四比說是題，題后自清刹

抹出其人 本方不是其 患於是季 識不到處

最大之患，謂彼之不知人，患在彼而尤損於此；謂此之不知人，患在此而更甚於彼也。即彼此之轉移，而患莫大焉。蓋人之患在不知人也。凡人之品第無常，而格物窮理以研究於平時，則多深窺至底，蘊其奇賞，類稱者是相知益深耳。乃酬酢往來之際，物且從至，已知極即不知，是非理且至，柔已知，窮即不知其邪正，其極至智愚賢不肖難處於紛紜之中，而莫辨其深遠矣。今此莫辨深遠之患

前此談本附此此說明予極意清真

即前此之格物窮理者，格其原也；視性而聽，性聽其歸何以驗之哉？凡人之胸懷莫測然，表裏靜詞，以審察格除事，則善顯揚其隱微，其存親深情，為是見知實切耳。乃察言觀色之間，人或巧掩其揜著，不表裏即覺以知其誠偽，人雖同此，為實不靜詞，即善究其根原，其極至強弱皆明。回章是誣於紛紜之地，而不識其取舍，其今此不識取舍之患，即前此之表裏靜詞者，澄其源也。此篇

之空而樂之乎尚亦有以異之哉是故果相不知人則无以神

亦舉錯而愛華加膝退葛墜諸淵而患必遺於萬世而

恩榮諸華衰成衰于天倫錢余絕綱

收來團練

不覺士庶不知人則无以慎交游而求則淡以成醴茍

甘以壞亦患將切於身心而罔知此之不患而乃患不已者

也哉

起比跟上句來患不患跌落緊醒中

二小比貼平時一比貼臨事後當患處

頗有實際後此以舉錯交於一分比較見包括諸名團練

君子周而不比

用經的當

以周觀君子，宜不比自可決矣。或曰周則宜爲愛也普矣，而因決宜不比焉。此所以爲君子也。嘗謂君子與君子同道爲朋者也。或既曰朋黨矣，宜同人于宗矣，不知氣求聲應，意咸先天，公黨我心即宗。正黜邪之非，有伐異黨同之見。蓋學則學必而橫則濁，如久矣。或知相與以道者之不流於偏黨焉。試先觀或君子君子宗胞與之懷，而天下一家，中國一人。浩者宜保合疆焉。則渾然有我之私，自足之廓同人之量，而畛域胥捐。君子樂與人之同，而千里命駕，登堂晤言，譚者相視莫逆焉。則即此素心之侶，自不同謀面之遊，而襟情獨契，茲是者幾。謂君子能周也，而未必不比也。孰若有不然者，周則普一世而包容之，困乎人不敢狥以己焉。雖或善或惡，然不矜然以相乘，而有善而勸焉，以之而同勸；有惡而懲焉，以之而共懲。推其勸懲之權，悅一往之人之自取，而我無加損焉，而用情之周，以咸乎倫

兼善惡兩層，寫周字尤為博大，與偏就愛憎一邊說者不同

周字寫得遠拔，到不比自見融洽

謂進君加請，聽退黨墜諸淵，聽一己之自喜愛憎而比黨援虞也。君子不然也。周則合萬物而覆育之，雜宜之氣，遍以繞檢同之，雖示之而親之，親不摯，然至其判而爲之有等。善惡異焉，賢之愛之，衆志親有疏戚，益微親愛之合，而人心權宜焉，親之至焉，一衷諸事理之至當，而我無將，薄之而待人之周，以愧之而偏謂西南則得朋，東北則喪朋，任一己之喜怒取舍而阿比遺諸也。君子不然也。蓋人所

情義公私
又解於合

最難勝者情之所注焉，君子情必準之於義，則無而
溥之情而不界此疆彼化於一視同仁之下，吾居心也正，以
擴此大而天地之情是矣。人所最難忘者私之所徇焉。
君子秉此衷之以公，則無偏執之私，而類聚群分，共寄於懷
載其初之內，吾待人也，易以簡，易簡而和，六之理同矣，周而不
比，君子所以異於小人歟。

攻乎異端斯害也已

學有異於聖道者，宜知攻之害矣。夫異端者，異於聖人之道也，而豈可攻之乎？夫子所以舉其害以警人耳。且道之為

提道字起　曰大

天下古今所共由也久矣，乃有一端焉，不為共由之道，且偏而為獨由之道，而道其所道者，遂將以惑世而誣民。端之不謹，其將有不可勝言者。况後專治以求精，遂之者竟將伊於胡底乎。

探源立論

原夫古聖王之授受，惟一重於心傳，從未有以或二或三肆

拾吳六字衣芭　更張乎未識而是非是執而以為美而可從同也後君子之

師承一貫切乎聖學知未有以喜新厭故陵遑戚於歧途

按害字子力　而是經是禮而以有利而無有害也奈何有異端者出而人

恙獻

竟攻而不知哉而不可為者經之常而新人則棄命而不顧焉

夫禮義忠信吾人所宜講習者也此數端乃獨分門別

戶自私矣於義理之途華人生之禮義忠信反斥以潰

近而漫不經心是古聖所綱紀羅生者盡隳乎蔑棄之

流蕩而敗常者莫如異端而不能異者倫之叙而敗人則遠而蕩惡忿矣父子君臣此生而与周旋者不好數端乃獨離羣絶類自拘異于倫常之外常人生之父子君臣皆鄙舊尋常而甚詆厲是前賢所維持世教者皆盼於一念之好奇而斁倫者莫如異端之害如此而歸于攻之哉攻之在一人之害淺攻之及人之害深當此聖教昌明之日而獨闢一徑焉索於隱而行於怪寵名駭世驚俗矣亦復

一人治之而人人未必致於之世道或難乎廣然一唱而百和
者世情之同也見美而思還者人心之同也始而鄉曲效之矣
繼而儒林效之矣終而天下效之矣厭故新喜而平康正
直之風不於斯盡泯哉害之及於身者輕害之入於
心者更重際此舉世波靡之餘而別啟一途爲鑿枘
險而追趨不過欺世盜名家方法外難拯之而中未必
靈動之人心或不免惑然誘之者百端以守神羅戰之

者遂也則生志皆樂而害在誇張矣繼而害在游晦矣終而害在武斷矣矯同立異而正大光明之概至如晦耶挽也哉學者其戒諸

一語提道字起得大主腦起此一起矣字下頂害字確切不移中幅頓矣端之害收筆處著題點竅　沈念農師

舉直錯諸枉則民服

民心服也。舉與錯宜其當矣。夫直固民所好，舉，枉固民所惡者也，舉之錯之，民心不由是服哉。且君能得民心，必先以民之心為心也。因民之所好以崇之、進之、諂。因民之所惡，以黜、懲、創之、流、從、遠、屈、排、挫、抑、戮、屈、絀、逐、小、藉，是以悅群情也，而群情已翕然帖然矣。君能民服而問所為，必思為君者因民心所好為而為之者也。溯維皇賦畀之初惟民若有恒性切推溯别區廓然照三代之公道貴賤既分而論性只獨攬權衡協崇正黜邪翕然興一人之治是真極也固甚著於民心者也而乘其有直者多則與民相契者也其匹夫談忠孝之事閭里共為敦窮況以器藝光明之士相遇目前有不緇衣而拜擾攘者乎而其害有極者多則與民相違者也其浸洽有浮薄之行鄉黨且為屏棄況以儉重於今之人粹與

二小股略似，停頓作法亦佳

身，擾有不咏卷伯而剌投畀者乎？則直固民所欲舉，枉固民所欲錯者也。蓋直枉之辨，著於民，而用舍之權在，錯繹回而增美，而舉錯之權操諸上。故或興或廢，自足之勸善而懲惡。然則舉而所舉，不啻民自舉之也；錯而所錯，不啻民自錯之也。則民有不快然心悅者乎？謂人君有父母之責，不必曲從人情以詢民志遂其心乎？故舉措以以遵揚樹德務滋，宵小勿能倖進；除惡務盡，而不羈以

款款，文情並茂

一國之紀綱繫之衆志爲支民也艸莽自獻無應國家之利弊不能上達其聽矣茲所幸軫寧之而著印者祀衰之所始良者進而蕭者除不晉言於吾宗也許以爲宜悅服哉則民有所恃然心安者謂元后亶聰明之賢不爲已甚虛懷而就大尉宜懷乃拔直舉而群賢所慶同升在者錯爲宵小胥知戢化不難以一身之表率徵諸輿論爲支民也觀感自爲上勸鼓迷之勸懲爲昭

麗素志矣跡而章縮據之處也即為廊廡之措施耳
子登而小人遠不曾見得我心也許何為畏慎哉一齊吐者
反此
直枉從民義出已伏服字之根
後二寫民服懸貼舉錯情切
不淺　吳竹巖師

惟孝友于兄弟施於有政是亦爲政

夫孝友以施於家，而知政之在是矣。夫孝友所以正一家也，而書又曰施於有政，則政之當爲不亦在是乎。且天下者家之積也，人人知孝親長長，天下之家正，而天下之政在是矣。或者[illegible]寡素樹未進，豈以是權職爲患哉？不知誠厥自待者，未嘗一日不操政之權，所以自處者，未嘗一日敢忘政之職。知弟知惠於宗，[illegible]之不啻洽於家邦也。書不云孝乎，獨是

通宵清話

孝之理雖一端，而孝之推有二端。惟孝則必愛其親，怙恃之餘，無非真意所浹洽，而孝不待言矣。因而及之，凡於己則分形，於親則一體者，有不難推愛親之心以愛之矣，安見雍和在一室，不思鄂常棣之韡。惟孝則必敬其親，定省之忱，莫非天性之呈露，而孝有餘誠矣。推而廣之，凡於[illegible]雖殊情，於祖則同氣者，又不難推敬親之心以敬之矣，安見[illegible][illegible]在闈闥，而獨悲杕杜之[illegible]。是則孝之所示

翻起政字
白机得勢

有友在事而孝友之外不又有所施於是斯者在事茲孝友施之於家由孝友而推之也第施之於家耶抑何嘗施之於鄉黨抑何嘗施之於邦國抑何嘗有渙汗之頒號令衆志抑何嘗有科條之布以束群情然而政者正也正一家不啻正一國，書曰施于有政不可當為政之亦在是乎政之云于家者有諄然相接之情焉夫諄然相接先王所以聯天下之情法之相保相愛而親睦焉一家者而即於一家呈其家几杖壎篪之下，性順理自然，以發乎情，而自見天倫之樂，豈未施政者而能全是乎？於此是爲政，然必是範圍一家者，有待於倡率，而後可然。而倡率之自誠者，亦難也。則倘但篤近舉遠，以是爲政之漸，可耳。即此一家親睦，所謂身者在是，所謂治人者亦在是焉。抑必有秩然有序之知焉。夫秩然有序，而知所以之，天下之分隸之不僭，所職而秩輯。若一家者，而即擬一家論，和親疏貴賤之間，情之

其當然以正乎家而自成門內之倫豈未施政者而能先
協和[illegible]為[illegible]必[illegible]移於一家者無事於整齊
而後可筆而整齊之者自[illegible]者必[illegible]然[illegible]但因此識得乎以
是見為政之理即[illegible]乎家和輯而[illegible]成也者在是乎而
作成物者無在非是亦是亦為政則為之於家可已矣奚其為
為政哉。三月初九。

詞氣敷腴最為可取

一讀者嘗
昭雅

林放問禮之本子曰大哉問

有志於禮之本者、聖人大其問焉、夫不明乎禮之本、禮亂矣乎

爲禮也、林放有志乎此、子所以因其問而大之歟、且悲悼世之論

禮者、繁如、忘如、制作之原、而貌乎儀文數之末、抑亦見其小而不識其

大也、孰意古道未沒於人心、一旦有讀趙時而附翻窮其流者且不逐而思

以其顯者雖其人不必措維之禮而自具源禮之識即一定

推相祖其有志之無卓鮮本氣而錯申亦聖人前道

昭之當

故聖人之所深許已、昔夫子嘗嘆爲天下雖禮矣、以爲先王

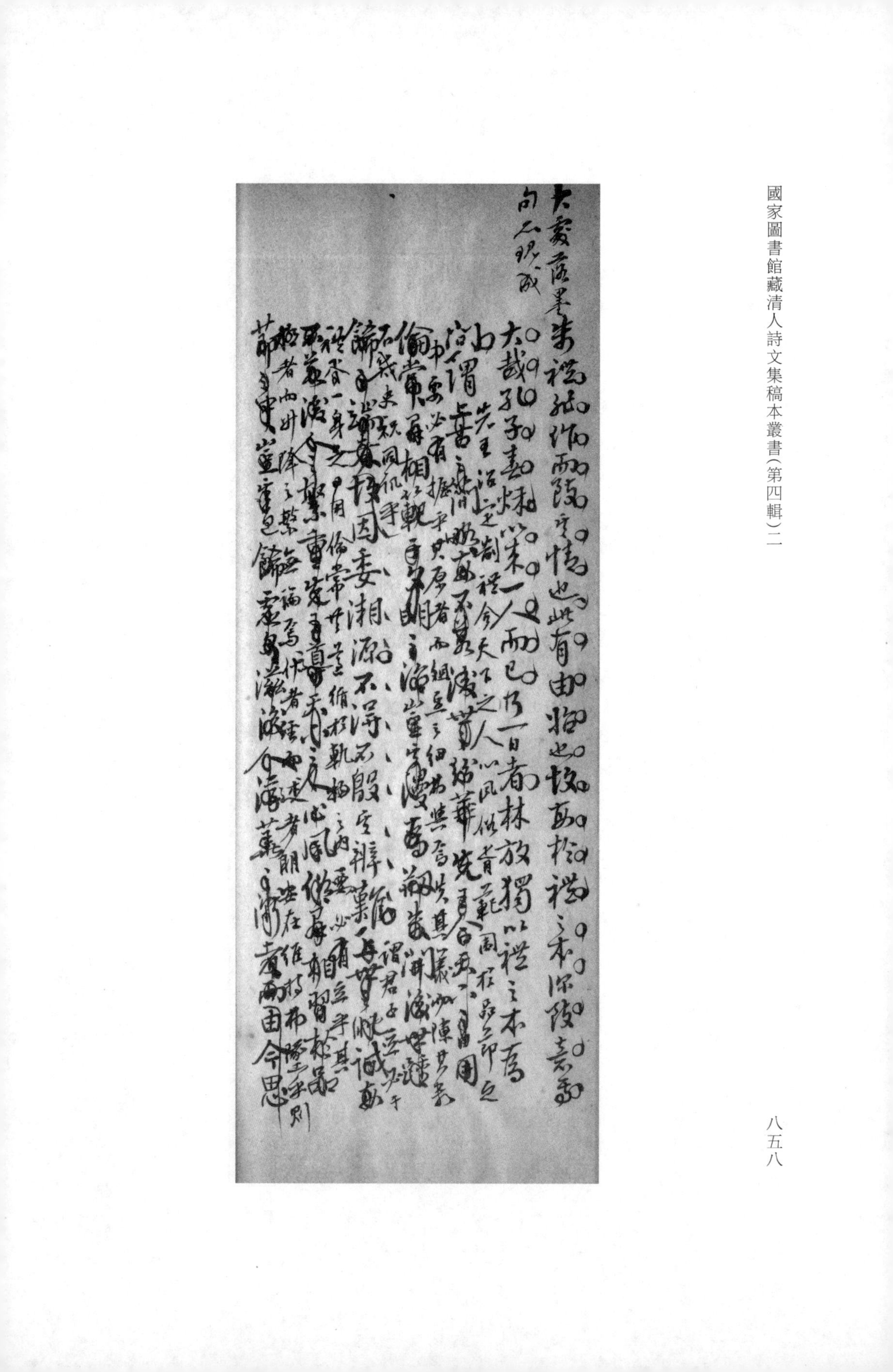

古不能不切實諮詢此故之所以進求實本也且去本之時義
大矣哉禮運所載無非返本之端故汙尊抔飲亦曰從初
禮從而傳無非務本之意故藁鞂鸞刀依然修古苟因
實本禮可流露于性天之真不得實本禮徒拘束於形骸
之內以今日之氣習風氣而忽有人焉考之反實所生溯實
所指此何等識量何等意見乎而子乃曰大哉問此一問也謂
實識量之深遠可也去今甯殊尚幸以日流日下之情而舍

興性情來
識旨以悅
香山詠桃是
文丁卯芬之
康

本逐末，至莫返窮源，由生禮之遷流，何極乎放蕩，以悅近之
身，蒼茫哉，惝謂修飾古制，克紹前哲之旨，由而奮然
一路覽於中，有在無所鍾帝而隱華以視列郡，才知揆之
而真不高一等，達之龍家大全三，載不寡，奇學思，彥川道
集未為同此識量也
風雅禮之真，且探諸玄子氣筆之愛，亦有同心哉，謂之
意見之超卓可也，玄彼此異形，章以有加，其已之勢，而變本
求新，陵不追溯所由，將禮之精微昭，在乎放蕩淫靡
之習，展轉遞推，謂德棟風化當，自知中之旨在，而自是哉

○子貢告往知來，試以指證，如讀以現後門中習禮之一節，直寫當年藹藹之氣，確肖溪堂氣章，志存儒遊，更推開此意說，生平誤此以撓禮之學也，探其言中，猶寓之歎，豈非合志哉！大哉一嘆，放之善者問也。蓋時殊事異，就探先儒於當第極至，就中不妨問答於今日，有若林放者，乃子觀焉之論禮矣。三月十一日

筆意擺脫不羈，頗見純熟

從此加功，自然筆頭日進　沈念農師

君使臣以禮臣事君以忠

聖人論使事之實，君與臣宜各盡其道矣。夫君之使臣、之使事君，非無道也，曰禮曰忠，可不各盡之哉。且一人建極於上，百職効用於下，經綸黼黻，其分也，而必先維以情，深而如即役其身者，無敢慢惰，真而謹執事竭其力者，本於誠，不以簡易瀆尊功，不以浮游褻國體，當然之分也。有肫然之情以孚之，然後深知為陵其情者，正所以為全其分

情字殊得要
庭任筆力英爽
接筆挺拔

也。君問臣以事君臣之道。所以使臣者君之勢。而所以使臣者不當專恃乎勢也。事君者臣之職。而所以事君者。不當僅循乎職也。使也乃也。君與臣果何以哉。慢易以為使則溺乎褻狎。切以為使則病乎苛。人君。撓叙倫。必先端本於宮闈。而後勤庶寮。而無斁志。循此以為事。則患乎諛。剛慢以為使事。則咎乎偏。人臣靖共爾位。必思匡惕乎夙夜。而後殫大達。而無怠惰。是則君之於臣舍義以為使也臣之於君含忠義為事也人必善用其彼使之道而後世之受彼使者義無為而不從其居尊臣子正恐視猶草芥耳惟以禮為而坐論其治於師傅燕昵亦為於臣寮于是大臣則待之以禮儀矣群臣則禮之以禮貌矣強臣則束之以禮法矣舉凡親疏大小莫不經曲以範之身孫其而心猶于於此見禮之維持者大也人必謂其宜服事之恍而後世之待服子者有識者所深

排句插有意義

扶華自風 痛矣以六年之正恐弟諸弟鬚予懼以忠而啟保院兮

神 句名換怪 以同心盟兮且喻之竭力於是善除御邪如忠告進矣

千古忠毅 陵命遂志如忠勇怡矣奔走衛宗仍則忠義著矣舉

凡經權常變皆本中心以蒞之任愈重而心愈堅於此見

書章今令 忠之貴論者深也此蓋有易重之責為嗟嗟而驕以協以

二義是從此 諸臣察之抑勤勝心無貳以待以異君上之德崇禮自

綜發可程 與宇而宜除忠自爲像說宜思以之者初無相待之情

也而使臣勿謹言顧指矣而事君勿徒效掬臘矣耶必
有如金之謟爲君俟士者重則捐禮養切于私衷臣事
君者識則謝忠愈昭矣曠典禮名亦以勸盡瘁憂患而
而以倫寵眷以之者俾見相賢之美也而君宜當思飾
綱紀矣而臣宜當共貞惕恍矣則臣益此座銘之言而恭
也乾

一語用意者當中幅名能助之實

發揮議論頻見詳贍的是

墨哉　沈念農師

仁者安仁知者利仁

聖人雖想其仁知、安與利同歸於仁矣其曰安曰利、要其歸無非仁子所以雖表仁知、而有慨於不仁與、且以心德之難全也有全於自然者有全於勉然者自然者理與心融渾合之餘自形其恬適勉然者心與理契篤嗜之下不厭於恥求蓋其趨雖異而其歸則同吾甚嘆不必勉者性之成不能搖者守之固而境遇之亨屯均不足移其心志氣若約樂之不可以久處，以其處之不安也，以其處之不利也，皆由於不仁也。不仁則蔽於私而昧於理，不仁因以不智也。而吾獨想其仁者，且因思其窮者，人生之際遇何常？必有以定其歸，乃不至張皇而失措。仁則無意不然者也。原其理無一息之不仁，雖無一念之不安。何思何慮之中，詎嘗跼蹐難安乎？乃自世之人，離吾心至安之境，而欲希冀其富，以爲安其處，而可以希冀爲恥

反面缺少

字詞意洋

減

跌得字疑衍

是去假千肩目

舍坦蕩之途。避寞不履。曠清虛之宅。置而弗居。徒擾擾於或毀或譽之際。以自苦有定之性。夫是非境之不安。安實人之不安於仁耳。唯仁者從容自中。無須勉以相將。淪浹者深。詎忍須臾之有間。舉凡富貴貧賤患不以幾微稍惡少攖。恬淡之神。而無意。不然。如為者試思陋巷簞瓢之不改其樂也。所樂何居。被袗鼓琴之

安字宜速

為固有也。所有安在。勿以相合無間者。不啻性命相依

而窘寐倦意憂而約何足以困其身樂名何足以動其心也
哉畢世之遭逢莫測必有識以要其趣乃不至弛逐以
相循知則不易而守者也原夫惠迪則無不吉從逆或恐
其涵是訓是彝之內何嘗倣徒不私和乃自世之人貪妄
心窮利之謀而更僥倖其富以貴利失利倒而以僥倖者
耶或趨或避詎能兩全之咸宜時厭時欣要無大而
不得遂展轉於一喜一憂之間此還其寧窮之靡寤是小境

之有不利寔人亦不利於仁乎惟知者知之既深甘雖窮泰不可處求之必渴取乃左右逢其源舉凡得失窮通貴莫能以一念撤移少奪其精專之素而不易所守以為者試思道味淵而世味淡其味也誰甘之天爵修而人爵從其爵也誰縻之其所以相得益彰者不啻倍而柔之厭而飫之甚而約不以至於濫樂亦以至於淫哉

正面不當

以透

利字透切

仁知俱歸乎仁一要一利是仁者知其身

分唯安利實際需得透徹見得所
處之境約系洪宜兩大股中反正說
來然有實際步驟各井井有條

惟仁者能好人能惡人

好惡者當其人，非仁者不能也。夫人莫不有好知惡也，而鮮當乎其人

今夫交際往來之地哉[illegible]給而愛憎以[illegible]果

者。好擅其能，小仁者其誰乎。其好惡之情有所固其請得專

顧自味其能，則愛憎一偏，言以清其是能，見惟自[illegible]

擅其能乎。而自[illegible]以誠意相識，而好惡之[illegible]於者，惟一道，有聰明

其能，則愛憎兩得之以大其[illegible]勸之神好之謂於者能[illegible]之友毅然

采[illegible]其。惟有當於其[illegible]間彰[illegible]而天下萬[illegible]心[illegible]隨[illegible]而[illegible]

者有小之所[illegible]見其鄙，能者座焉　固人之訪同其

遂覺其[illegible]，惟有出而能事，獨見於天下。今夫好惡者，專持[illegible]

如非人之所[illegible]能者也，[illegible]以附和，隨和者，合和同之，奉將好人，以好

亦權也。朝廷有好惡，則賢[illegible]之[illegible]，[illegible]權[illegible]，而旌淑別慝

而好惡之用為
已枯烏乎施

惡人所惡屬一己之情，以強合乎天下之情，而反之於己，未見有可好可[illegible]
之在猶隆閑閒有好惡，則[illegible]而溺於眷[illegible]
惡之實焉，則其心已有所繫，而不得[illegible]同[illegible]者焉
風自是，則所謂好人惡人也[illegible]者鮮矣[illegible]論好人所惡
徹所之思，收好人所惡人所好，徇一己之情以存拂乎天下之[illegible]
惡不近所好，而得為鮮也，即使國人之好惡為美，愛而反[illegible]
已扶烏乎
而賢賢貴人未見其好惡之[illegible]則其心又有所私而為可得[illegible]
有可好可惡之實，天下而共[illegible]為鮮[illegible]論是賢而不[illegible]
善此者拒他者也，惟仁者虛其心以待天下事物之來，虛則
不知[illegible]其為鮮也，即使國人之好惡[illegible]舉措而當[illegible]其於人未見
虛則明，而存於心終無纖微之私，獨惟仁者平其心以應天下之識
其好其惡，正當其可而不為[illegible]好惡固乎其人，則其[illegible]
一存之虛平，則公則溥，而推[illegible]於應無措置之私[illegible]
繫而不辭，超然於萬物之表，好惡物乎[illegible]有所私而[illegible]

並知勇會
能字說理
家情

獨立乎羣情之從違者，此他不假也。惟任其具清明之氣而
知以成其能爲本，好惡之誠心以共爲別白，不令有忿梏我之私滯
其是非（昭融）之見，事有可嘉好其事，而非好其人；有可錯惡其人，而
非惡其事。此其志之精闢何如者？愈精明而愈渾厚，天下羣
照其好惡之正，而不以病其苛者，惟其能也。雖仁者（此外）陵其果決之
心，有勇以成其能爲本，好惡之初心以與爲推移，而隱微而不窮。
有一毫（牽）牽制之念以阻其正大之情，當其可好，雖在仇怨，斷

不稍用其私細當其可惡雖在親故斷不稍行其寬假此其情之剛斷何如者愈剛斷亦愈和平天下羣服至於好惡之當而不以議其論者惟其俯也使其所用於朝廷則總一代之綱紀而統制之所以祖述於堯舜禹湯文武成康者賞一人而天下勸罰一人而天下懲而好惡之達諸天地之間比且俟百世以俟聖人而不惑而使退處於草野則得天下之英才而教育之所以討論於詩書易象禮樂春秋者一字之褒榮於華袞一字

之賤，嚴於斧鉞，而好惡之，質諸一堂之上者，且能正之，轉諸南面，而無慚。非仁者而能如是乎？蓋無私則公識，則能用其明以合乎好惡之當然；無欲則剛，剛則能用其斷以赴乎好惡之必然。在仁者皆出於自然，而不有降心作意於其間也。此其所以爲能，亦其所以爲仁者歟！ 三月十二日

不言也君子言仁

有安於不言者、亦以言仁爲患也。言仁而言也而不言、亦謂言貧言賤、則弃

通篇清真

言仁矣。蓋即君子設言之、此天以有不必言之境而出之、或而言之心

兩截一星洗

境雖困而心柔能固、雖困亦何窮。倘使逆而以困境爲憂患

不收思路斷

論言不可言也、即使可言、而所以言其心者、窮達矣。言貧賤而不以道處

是言本可用、而言數則有毒。處此境者、當惕然於天心之私仁

勸仁字不

發我困厄、益此豈將終身於貧賤中而益言之耶。抑尚有餘

實甚佳

此段有作意
有句法與波
瀾有步驟楔

者吾未來也本無所爲焉困固漢其浮晁也怡拒之終必不能
安之矣是故怪聽吾或貧或賤既而以一日即而以百年湯若勿湯
而去之情早泯也吾已至也豈能即去之又自吾惡亦也心植之身
必不能拒之矣是故惟恐吾爲貧爲賤不以爲道賤直以爲常定
惡無而惡而去之念昔留也且去不去也者豈困窮情緣遂自托
於貧賤而驕人哉也誠以去貧者急潤屋而後潤身去賤者
要人爵而棄天爵既理去必有所之俱去都知古之君子鄉貴

得道處之法

不貧賤貧富不貧貴，凡以全其心之良，保不至遺其志耳。藐昧焉，求之則奔走乎勢利之途，不至於喪其仁也幾希矣。嗟乎，仁也而可去乎哉？試為君子設言之：仁之理藏於心而存之者惟

以事二意分作兩楚

君子寸心體驗，有終食而不敢忘者矣，復何敢去哉？惟不敢去，而天人之借鑑，君子者諒少有獨，內重於之心，則厭貧厭賤即

轉意敏捷擬句雅致之處

而嚴其仁也，而心與理峙，仰物為君子作，或然之想，仁之道著。於事而修之者，惟為君子。遂事隨皇有終已而不究已者矣。

淺寠容言。然惟不容言。而天下之議論其事者。禍福有窮獨秘之事。則病貧病賊。師而以疾告之也。事與道悖。且嘉勇子立相友之弁。仁而言也。難之亦言貧賊者。不大相懸絶哉。言矣之容可言貧可言賊之人。斷無有可言仁之人。容有不言貧言賊而無當於仁之人。斷無無仁而仍爲君子之人。然則君子之所惡乎成欲。

此篇大段順當，矣是一進境。 項楳侶師

擬題卄乘

好仁者無以尚之

無尚惟仁，極擬好者之心焉。夫無有尚於仁者哉？然好之者鮮，能尚之者益寡矣。仁無以尚，而以極擬好仁之心，欲且元者善之長。是仁固當無二上者也。惟人與仁無相契之真，於物與仁有爭勝之勢。豈知視之不崇，實由於嗜之不篤；嗜之不篤，實由於知之不真。則安得一真好之人與之言仁道之重也。吾未見好仁者，誠以仁在天而固無可以尚之者也。原夫天地之初仁為物是未有人已有仁固先我而具者也則先莫先於仁而凡天下之物與萬物渾矣渾則對論智之知抑善端之發仁居首是流貫人即是仁文與生俱來者也則為莫尊乎仁而凡天下之物皆靈於物者義果則尊難尚之矣而程有以於仁者乾奈何物之者鮮能尚之者多也世論與仁私絕者之不得為仁也即明皆仁之為德甚重而有特專其將之誠德有時而其將之

用。是闋一集而仁在闋，數集而仁仍不在也。而天下之諸音將者正多矣。尚之矣，無論與仁保合者之未足言將也。即明知仁之為道甚遠，而一念涉於仁之中，落一念弛於仁之外。是歷一境而仁在，歷數境而仁即不在也。而天下奪吾仁者不少矣。尚之矣言有尚也，必有以也，而吾因思古將仁者爾。第為精神所注，概且為性命所依，一往情深，既云矣離而益既絕，第粟秉彝之良，概且寄欽心之間

論無以爲
先雄

敢先鑒孰謂或在而或亡是直嘗以嘗之而已人必自宅
吾知其之量而濟世之負荒實者不得據其相祝爲縣將
惟仁將我與仁不多讓即仁與我不多讓而爵自天錫宅
以仁安居而人世富貴之遺有如是之蔑以蕩者乎
故先吾將之量即以充吾仁之量而足於己更何羨於人
哉人必自充其固有之基而濟世之轟崇高者不得不卻
以相上爲仁爲於物而我爲仁於羅而不能仁與我相深於無累

而民可同胞。物可同與。為洞人世。鑒崇之境。有如是之覺。和莫上者和。故崇宜好之基。即以崇大仁之基。而陵於內。何所紛於外哉。試進詳惡不仁者。

凡作理題須看得透說得出筆纖塵繞乎筆端方為合式 吳卿巖師

有能一日用其力於仁矣乎我未見力不足者

蓋人之求仁者而竭其力之無不足爲矣仁固當用力者也能第恐其不能耳有能如是何患力之不足歟且吾人雖復本心之德者固恃其氣之能違也蓋於失其心者往以不違焉何吾謂氣則仁不違之有特患甘於委靡未嘗有振厲其氣之一時則其見焉不違也固宜好仁惡不仁我皆未見其不足以好惡之用者正以不知有仁也其不知有仁者正以不知己

力也。勿用收也。仁之為器重，而有力在，則足以勝重，以力從仁
固恢之而彌廣，以仁道導乎力，是策之而愈生，舉重若輕。用之
者貴專注，吾收不穫矣，致而弟謀矣，識仁之為道遠，而
有力在，則足以致遠。力隨仁而赴，功固極於靡窮；仁隨力
而形，機不愈速乎？當念不遠伊邇，用之者有擋基，吾收
未論百年，而先求一日。然而不用力者有矣，我未謂吾非棄矣，
能也。知能否，此一日而甘於不用也。蓋嘗默察乎仁之難成而

自揣其力之有限，竭一身之力既竭而猶不足，於強彌一心之力又恐而猶不足，於智於是，其難而退，擇地而處，不得不援天定勝人之說，以為力者也，其不用者，其不足者也，而我也竊焉之靜然為其魏美之所存，有生同具，豈不其美，能奇按限於天而莫可為，而精神之所在，惟奮然與俱，鼓其氣血心力論已，而據之，即是說也，敢能識蘧然內省，奮此不敢自棄之者而略用其力以察，哉審吾所當極力在窮理而析之者精，辨吾

而當懲忿力在燭私而抉之之迪細仁仁即誠誠之而存而以閑邪致誠提
撕警覺覺之功於所不知至也歟乎我竭力之至諸耳目者用于語
仁則智智能辨惡也未是惡甚而不足於獨者有能當勃然擴
與廉此不敢自荒之一日而用其力以致其竟吾將之量力既焉
而一元常定之竭吾懲之量力彌固而萬議莫淆仁為道之
實而以氣配道道遂徑直前之志於不容已堅毅乎我勉加之寔
請言擴者用於仁則強能起弱也未是弱甚而不足於強

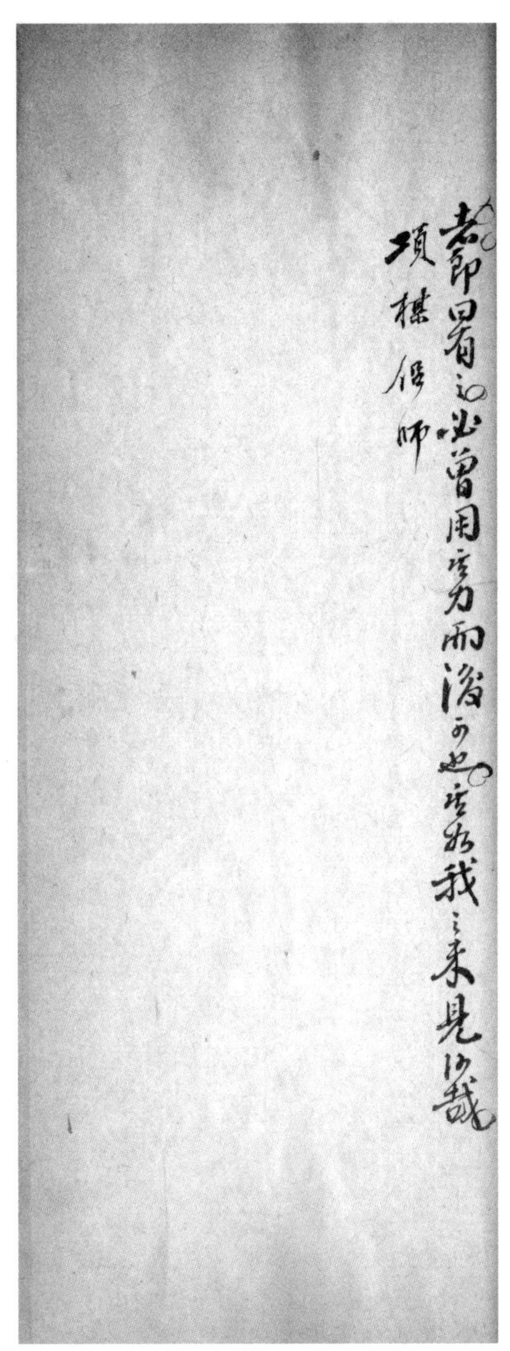

老即日看之必曾用工力而後可也吾於我之未見何哉

項樸侶師

士志於道而恥惡衣惡食者

而志在道而乃有誤用其恥者矣夫志以道言遑計衣食之惡哉乃竟有以是為恥者子所以重念夫士欲從事於道

頌季明見

味淡而無味淡二者實難兼營乃有人焉希賢希聖之地平居自知而或羞或嘗之識無時稍忘檢至持遂宜

題神妙合

獨修之心為無傷不平之懺此其人果味道欲抑傷與鬱閼

一往不匿以恥字側出

也若有不足者今夫士豈必無恥哉顧於恥之所由生息

而入文東軒先觀志之所向，法而道。國士之所志也。志於道，必以圖道為

栗

心。詩書禮樂，當究宜精，即其詞而求其理，語有一毫之

未明焉，之志難要，即吾之恥。莫償也，而人或貴或富記

情。何也？稽諸其念慮，志於道，必以行道為念，父子君

臣。自勉宜素，飭其紀而翫其倫，語有一端之未行焉，吾之

志。有裁，即吾之心。豈要也，而天下之為紫者。屏之，執何為

是所謂愧生 積善生 凡遂業[illegible]

少。已。而其胸懷[illegible]

聖閩有志為者，略有萌芽，不端患，既出傷隱[illegible]屬，[illegible]

本[illegible]至[illegible]念師其氣而相與，[illegible]一貫，[illegible]

有深[illegible]南也，賢士堂[illegible]，故而[illegible]曰，衣食則[illegible]吾道中，[illegible]

之，而勿畫謀也。所志在道，將見其學之有成，而怡然者自得。

功或未至，而詰然者，雖安如泰，此心之或喜或憂，患係於

道之得喪，而衣食之惡不惡，御簡重輕也，[illegible]者寡。

喬和之，抑有志者之所宜介意也。以道為志，將見不衰寬，

而義積於中者，發於外，不勞養而能足於己者，不求人。

業無之分義所終莫如道之無食而衣食之惡不惡
莽不暇論也繇皇者亦事未是以不知道之義於編
手舉生平進修之念并隳於羸縢屩蹻之中而直慶
擬草此
業時或釋去鶉衣而露頂修士之恒而恥之者
每謂於襟肘見納屨踵決淒奪以視世之文編是諸
如題而止
不啻霄壤遂分氣而懈惡何為者又曾不知道之義
於高梁和舉風昔年履之勤於忘於飯糗茹艸之

而愧赧無地自容矣。苟甘含自甘於儒者之分耳，而食之者，無謂含則一簞，飲則一瓢，飄然處然，以視世之富貴並餘者，不啻榮枯異態矣，而快活何如哉？有未之共議，容待言哉。十月十二日

士字一喝，而字一轉，下文不撃自動，而雜無如題而上不溢之筆耳。又按

步就班，循題布置，頭頭是道，絲絲入扣，洵合作也。 吳竹巖師

不患無位患所以立

學者所立勤學者矣。位非患，患所以立焉。蓋非位之難，所以立乎其位者尤難。在也不以之患，而實難。求思實效而稱其無位者，患有位而患更大耳。且王者設官分職，所以求賢待士也。要必有素位之具，而後稱其職，而後待者可因材而受任，如量以相償。使居其位而無其實，則將爵以厲，而其長莫效，其不隨遺曠官之誚者哉。人即不知，使朝廷之祿位患，則何以

不患則不得也婦不擇人而畀之也而必審其位察其職
位以待者獨能言之曰有其才而立者在當陽展布謹密之
和行政用人務是鞠躬而盡瘁位固非立之所能勞也乃
自帝學者但明施福而於未之展布不啻遺然若
忘焉知無知之道德不修勤惰安在聞寔用操存之加

切當

諸意刻繫
進德修業莫非在己之是非立知非位之備稱也乃自
偉進者此日登顯而榮時之寵榮早已懸然設想焉

知思知窮達有命得失何關是不善用之患也是徒
以無位為患而不思所以立乎其位者也而不知患不在
位而在立乎人必畢儲其稱之累而後道得而稱者為
自問自知無辭於東國之鈞[illegible]責任不云而報東而無隱乎偏陂
高獻偉器本末素裕於一心則出身加民何由厭世
頓宕生安于萬狀崇未利而棄時不能[illegible]道[illegible]乎追至以廷
球宜旁敦之術而厭四海艱[illegible]千載難[illegible]

見投詩雖靡而覆悚疚下則有玷官方者其患淺丟誤君國者

清議以亂[illegible]以專譏歸無安事[illegible]進[illegible]截人

其患深[illegible]迷[illegible]之[illegible]亟濟之方而溺其[illegible]有[illegible]亟濟者有相揭至

而輒素之或從王事擬[illegible]遘而[illegible]偷債遺文指

屬彼之責成者甚重而無奇出策我之建白者至

闊任雖隆而才謂得善訓以沸[illegible]之遺至以不[illegible]

行之身而負社稷難負[illegible]任濟[illegible]來[illegible]

謝[illegible]懷初心而慚[illegible]於徒貽[illegible]越[illegible]哉[illegible]

善全身即可無善可稱，故渭濱之釣而莘野可耕，原非也

古來耕莘釣渭，世及丞遇合，有媚即是

遯迹深山，遂塞其堯舜君民之想，而蓋達其道於行

希榮者必先

義在求其志於隱居，雖聘來三而徵來再，無可聞

於捷徑，方其風雲未卜，早俗工於下澤之謀，故窮則獨善其身，然乃可達而兼善天下

讀書不寬先於華章，摘綸廊廟於世之憲，位者尚

若何盡

以立自勉也可

三月十二日

再作開合

不深勸不

整暇

起服以下思清筆雋，簇簇生新

求爲可知也

知有實可求，宜在所爲矣。吾既言知也，必有可也，而爲之豈可緩哉？彼患莫己知者，亦何求事於所乎？嘗觀世之人，薄有名譽，輒沾沾焉自以爲得詡，一旦循其名而責其實，則茫乎其迷，既不知名之實自至，皇然失措，且轉恨實之無以符。於是知名以實而後彰，實較名而益切，吾人所患，固在此不在彼也。故患莫己知者，亦思其果有可知者也乎？天下造詣之殊，至知而

一請疎爽　首段

收尾未峭

筆意深穩　情莫適以為何以見知於師何以見知於友追以知我之人殆

不復明晰　覺澀極而鮮擬投世不我知而悽然世既我知而益悽然也

古今品題之異至可知而立論懇真以為何則急言揚將則

筆意純熟　可以行幕勘以可為之實常為慚愧而靡遑投有立而

皇然善其可而益皇然也何也為有立可而求為可知者之

本復清雅　不易之也有獻則求見立明有為則求見立勇有守則求見

清詞見骨　立操有立可臨副立然也藉征硜硜窮年而求之者未學

五

更作集

宜加則國試我以獻以爲以守將何以勝任而愉快乎故陶鍊於素昔將不至踊躇于當識爲宜敬姑任恒而爲之於閭[illegible]宜孝弟睦姻而爲之於鄉知宜德行道藝而爲之於黨有其爲物有宜可也藉非致一寔而求之者未畢宜精則國試我於閭於族於黨我將何以展布而無慚乎故不虞之譽未詣人以爲當然之分要諸我從未有諸內者乃可形諸外不至束手而靡從顧內之確積宜易蹙乎試思禍樂

實須大道

兵農合一經濟之真實易而居恒之學而要未易以言也

理未如此條

非治夫掠剔之譚

精也習於禮而不嫻於樂何以勝義胄之寄詳於兵而或略

於農何以任務民之義宜所以求而審之者小第陵於內而學

意思極深

尤須書出

騖於外且恐末於外徒足追宜內也而如不反諸吾身載從

本立宜體者乃可達宜用不暇問心而從愧屈體之所深宜

易全和識思智勇忠貞隨在皆作用之總即實隨而治

本識之逢源而要未有以萬其事也智未至而勇徒情

猝難發慮而出謀忠未受而負功篤猝難鞠躬而盡瘁
臣所以求而篤之者非第重其能而不輕其用且恐試於用而
未全於能也而可不求備乎己哉若此者何暇患莫己知耶
汝此非關方　是題旨

此文雖未十分刻露題旨能發其前
作則有天潤之別精點定存之如目
獻為守閑族部禮樂兵農知勇忠貞處處
複述者覺精氣不能奏為莫存一阻乎

衍文之興而其獘已亦不可不知故附識
于此 沈金莪師

未之能行

賢者之勇於行，方觀諸未能時矣。夫行固難是所聞也，子路
豈有不能哉。然難觀其能，而於未能時觀之也可。且吾人進修
自勵者，莫不難力之能識，況導我進者業有其資也。獨吾人
為志未急於一往而力若有所難勝，豈真時有可乘而甘讓
欲不躐行而能速而猶為不速也。於子路有聞，既聞矣，則必行
收發有素
猶
躬行守法，至賢之仁義道德雖行矣，履諸實豈果於行者反棄

二比雖脱上
閣字意猶新
文論則字句
頗妥帖
出能字未字
均有虛次

之於遺也乎則淺為懷豈不期其能逮古今之淑言奥旨非行
無以證諸身豈勇於行者反躬而有待也乎則致以勉又安
憲其無成是則子詩之行而聞也無不能也而奈行有未之能者
吾想子詩新境挾其雅行之志勵其必行之氣循其界未能阿
其詳持其端未能竟其委勉其極未能畢其神以課力而力之
望極以接時而時於已逝則鼓志頓前讀鑑不禁意逮而

收斂自然妥

循迹者識焉奈此知能何也昔人所步亦步不逮昔人所趨亦

趨焉亦發能於步趨之際者行豈或肆意子謂必自勉曰以
吾心力有限耳曰能知第不負此潮耳何可以求能導也惟亦
可以求能導也而行之所屆轉有美隱奪亦能者則此未能
之一境相遇而形氣有善宜遷則遷不爲有至宜改則改焉
亦發能於遷改之間者行能不篤焉在他人或代慰曰以子材
質爲人即未能知第暫勉此潮耳何至以未能終也然即
不以未能終而行之所攜更有艱保像亦能者則此未能之一

頗有會心

情狀不究繞矣是故形神之交瘁人安以未能而自寬也哉
論正以求能而繞追以也蓋既難以行之機疾覩其間之機固
暫而窮於未能則方其見為未能之餘而其隱然蓄縱之行
者固有在也抑觀銀之莫勝人於未能見其情也子路於
未能微其勇何也蓋既難以行之量遽滿其聞之量固
還而念及未能則方其偶有未能之際而其遑遑然若不暇
者愈不忽也然其惟恐有聞也而以見子路勇行之志矣　頌橋侶師

其養民也惠其使民也義

進觀鄭卿之治民惠與義合乎道矣夫養民使民固鄭

卿之所有事也而曰惠曰義者鮮此子產所謂者有君子

引用恰合

之道歟嘗閱子產曰寬以濟猛猛是生不存也猛以濟寬

猛是逸而濟也此是道兩相濟而寬兩相成蘇疲敝之黎

仁政美本乎仁心起衰靡之民定之法者權乎定之識這今

考治跡乎君卿乃嘆是見諸實事者固非徒託諸空

君子之養民之道 惟惠是第一層

鄭國彝於[illegible] 惠是第二層

子產惟于行 惠是第三層

言已也故子產之行己事上既合君子之道矣試進觀之於養

民使民從未養民之道恃法者寡恩恃務名者鮮實

政民之假隆豈知爾柵君子也則惠尚焉然吾觀鄭國之

民外則誅求靡索繼步涖齋內則潤際未蘇這無栗

土於此兩行甚哀顛之從憎其身家則養難而養之以惠

禹也難豁子產能傳執韜方戮其刻酷之威風則曾曰

牧之權恐無以叶其心之志乃當其時睦隣息兵民其生

轉入正面是第四層

藉以係輕徭薄賦民之氣，於以舒載者聆謳者聽之，

而惟此軫念民瘼之意，甯已是名，禪和之澤，而數茲愛

歸入君子之意是第五層

之誠，喬郎鄰定以前，有若是之措綏曲愛者，和其祈惠

而無不周者，皆本其道而無不協者也。且也以惠行惠而

更帶義字是第六層

惠或涉於優柔，濟人於以攘萑苻之盜，而子產則並祥

愷悌之中，未嘗無嚴肅峻厲之意，則所以全其惠者不

更宏哉。從來使民之道，無一定之制，則易濫無獨斷之

識則畏文象示民不佻則傲而歸天子也則義尚焉然吾觀鄰國之民寵畏揆知法令國末易道循例數民後範圍豈易言哉於此而欲矯習慣之風裁在諸情則法難而法之意義甚寬雜溷子產謗起徒滋方慊於是輕之不測則畀秉鈞之權又何以協大順之情乃當宜時忠儉而沭修懿民究知所向方廬井伍兩產鄙章民各昭宜法家譽焉弗懷毀焉弗懷而惟[祇]此知民

有常之和聲之鋪繹爭之斷而遣游惰之萌者闢
細同察有所是之規畫為方者守之行義而為不合者
所宜願於道而為不精者也且也以義行義而義或義
於激烈諸人于是有美衣之患而予辜則立綱陳紀之
中仍不失刑賞忠孝之意則所以示之文者不更純熟云

有君子之道也不誠然哉

作大比文字須有層次不能凌躐亦不得

說而又說出此題君子之言一層子產有
君子之言一層必須先落分定而間以子
產時大勢必翻此是文之波瀾一定而
不可少者此揆次讀去眉目殊清意
理亦出 沈念農師

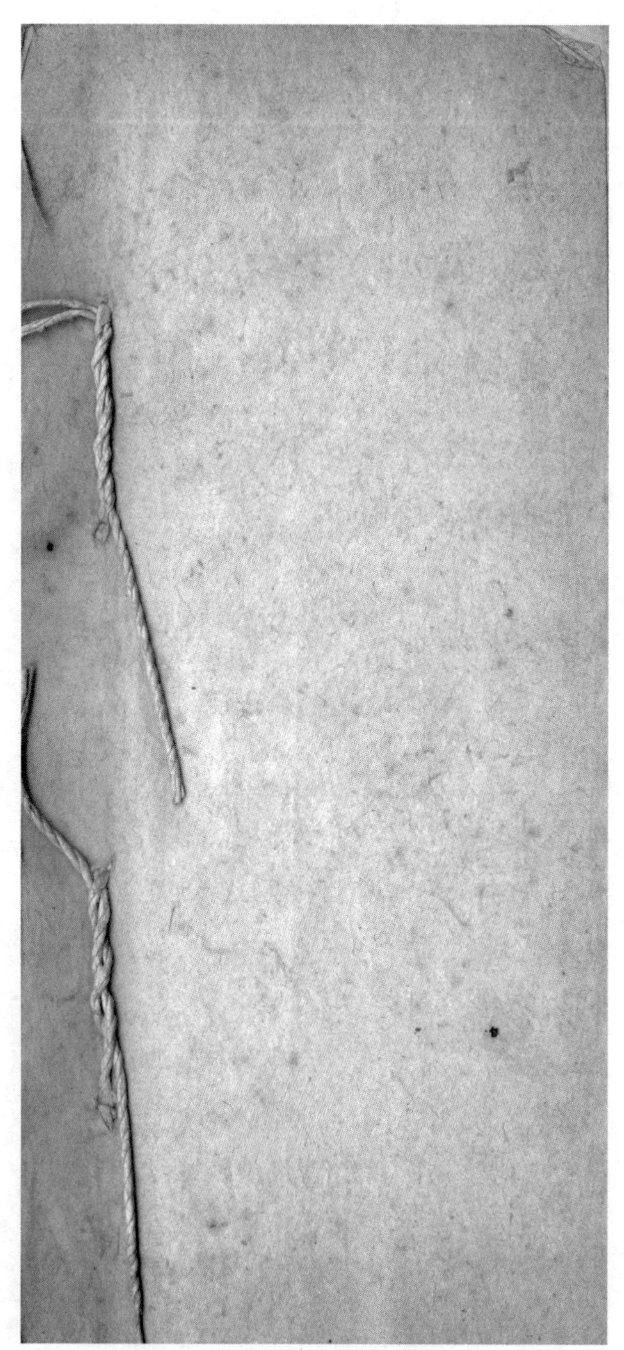

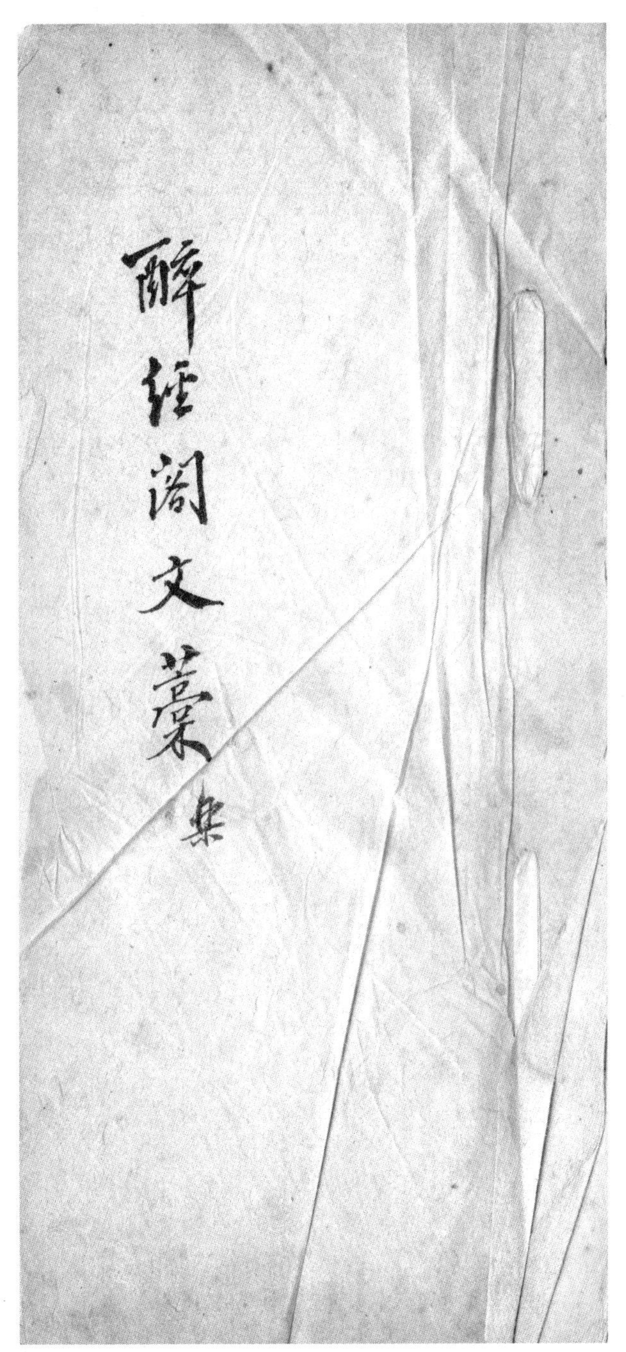
醉經閣文藁
集

賜也達於從政乎何有

乎期於達賢者須於從政矣夫欲從政必先達於政而賜之乎固達者也子所以謂其何有歟今使未通於治國之事而據授以國柄鮮克勝其任者矣有穎敏者出其才識本業扃瀹而又以學問涵之明理實以應事以閱歷精之通變協於因心斯居於心者既暢然而不滯而措於事者亦綽乎其有餘子謂由而問賜豈以從政非賜之所優者乎果之爲氣也剛而不以明濟之於事或多所窒礙由能不

從達字透出從政何有詞義明切

蹈於闕也而有聞一知二獨秉明睿之質者其情量關涵蓋是周
通而善濟一果則赴事也勇敢而不以智先之於理或多所乖違由
非不足於智也而有億度屢中機權智謀之畧者則未能專務
更曉暢之有真蓋賜之於圓達者也達則虛心以待事物之
來察則靈敏則明而灝知是非善識微之弗悉達則和其心以觀
事理之變和則公公則溥而張弛緩急善措置之弗宜然則以
之從政亦何有哉謂於物窮理達必求之于學問而不僅能也苟

非敏達之資而學問經術有益于拘牽者矣惟賜也敏達素
具而又以學問深之而以已往之蘊藏待將來之酬應故禮教
樂典章志以羅胸中尚威形勢瞭若指掌舉而謂物來順
達字差遠應者一經賜之籌畫而宮左右逢源也天下固有同此一事思
者百慮而莫從遠者一思而已當知呈素所蓄積者然也而何
有張皇莫措者哉抑謂度務揆幾達必資之於閱歷而亦不
僅然也苟無通達之識而閱歷不能有長于憶識者矣惟賜

也遒遠素微而不以闊廣精之咏一心之變化而百齡之煩殊寬
濟猶而猶濟寬隨從隆化賢蓋文而文益貴与時偕行華
而語勢氣時殊者一人賜之穩營和齊古今莫易也天下不有
同此一事將者騷詠而繇筆達者一言而主判知至度越昭常
有離而何以勝國之適者哉賜嘗達於言論而釋之團之憂
慈臣言數人之兵諸字狀之雜臣人指人方勝句而高卿已
攝卿和此而指衝壇括河雜咏深寫訴念釋四國之積物賜

嘗述於禨祥而卜兩君之休咎矣覩執玉之容決存亡之兆或
譏武諱和旋踵而鄫魯胥殄則本此而展布岩廊而鐘呂協
度機宜措宗社於磐石而賜也乎倩汪陽子大夫又而特高

力不足也子曰力不足者

趙雲階試
反面起題已
下兩截甚佳

賢者自諉之辭，聖人特為不足之者念焉。夫力豈可遽言不足
乎？冉子曰不足也，將為說道解耳。子故舉不足之而申論之，直
吾人殫精神以從事，莫不知務之為遠也，必莫不知人之稱我以
前之遠也，乃不能竟其功，已自思累，無奈其得失甚薄，甚豈能
遠而不知有，而未遠，雖以云未遠，則固有限於未者，不知也，然求
以說道自回，其意固可說，說矣，必有以副其說矣，雖然說以力

帛下者字 句清頰靈

有靈曾參者，衡尾搭楊者，我始以爲日量曾參者，而圃於務足

者。我求今也自揣，其加識矣，奈此力不足何。賤道莫先乎循理，而

持循之要，非力莫爲，以固和據之者，而能爲循理求也。尚淡

業之宜崇，而力不足以勝重遠，則終於半道未見者，亦非勉

赴乎而有所難。能修道莫切乎去私，而克治之功，非力莫爲，以

強力而不足者，而能緣知。我求也，念継發之宜扶，而力不足之

以幾天人，則終於精道而馳者，亦非力除乎而有所難焉矣。

假使千筆

心開文自悅
開先吸根者
字其以往

求之自諉乎力者，於此假使求之力而果不足也，不惟求自審宜加論，求者必當共諒其力，謂其約一身之於以從道，抑何砥礪無成也？此蓋辭而不足之於强者；殫一心之於以謀道，抑何研窮莫入也？此真愚而不足之於知者。吾意子於此必將有求窮究一機，而猶怨其知不足之氣，或將有求於得一說而進勉其不足之氣而嘗之，別舉所爲不足者，以爲力證也哉？吾故曰不足而可必曰足，是矯而抑之也。自是者將益持之益堅乎，惟就其稽以於力者為之難，而物以相推，習得更端，而有揣串，論以求其中，而為不足，合諸子之書中而為不足，并衡之，而參諸闕疑，抑求曰不足，而子之曰不足，是比而同之也。自謝者不具援以為證，惟因之議者於力者為之別，立人以相示，要難雖數，而言之則殊途，而處據之不足準諸子，而實驗之不足，互勘焉而索其故，蓋究日加則自有屬於力者，既曰不足，則自有困於不足者，從國未嘗聽能以自助，日加不足也，均也，以言必中道而後廢也。項板侶師

行不由徑非公事未嘗至於偃之室也

即所聞以證所得人證以所見而益信矣夫徑之不由武城所共傳者也證以非公不至而滅明之爲人不益信哉且從來論周之美之風未必非干譽希榮之見則知名傳通國無不可爲信也今知乃動以正者既履蹈之無愆而守之堅者實潔清以自知得之所聞者固在徵證之所見者又在此而無人之生和乃可以深信焉而無憾子以得人問偃夫偃之求

乏於武城也未吏之職既無當於延訪之途邑宰之廷亦
不足以辱高賢之駕然自下車伊始即聞武城人嘖嘖稱
滅明臺人者蓋偃雖未見臺人而耳熟能詳以其然固
行不由徑者也一履道之境而必慕蕩乎正直之規以臺澹
於迂執而既同此亦步亦趨無崎嶇之足歷波坦蕩之自
由知素履者已端矣知其不趨炎附勢之途更類於徑
者所限而為人乃於徑而知惜之也一跬步之餘而特遜

寧磊落光明之概，乃差近於要譽，而殆同此者，砥若為人則悼為迂途，彼獨守為正道，則固行為已示矣。夫不附捷，抵巇之事，至若於經者，何窮而為人乎？於經而先枉之也。彼是優劣之優，因心識之然，猶未敢深信其人也。今吏士品之日下也，往往奔競成風，夤緣求合，才捷捷之，是投而恬不知怪矣，而更甚者，或矯為名高，託跡猶介，冀以博鄉曲之義稱，而即以動當途之物色，世安有砥礪自守、舉世乘

而奔走勢利之場，干謁公卿之謁，卒攖憂，士氣銷之諸
者豈少也哉。夫滅明者但雖心識之，急欲一接其人，未能
而滅沒無聞，而旅而進者，仍旅而退也。又未數而滅明復無
年而有為而未著，又能無因而前也。優蓋歷數之，而知其
無也。為公事也，然是皆未嘗無也。噫，吾乃知滅明之為人
矣。飲蜡吹遊，無宦之公事已哉。於此之接，總何必遂賤避
心意者無誦弦詩書樂儒生之修業而讀書朝會

恥棄牘之虛形耳。然僅固風雅自勵者也。惠然肯來
孰云奔走形勢哉。而竟總謂矣乎。遂嘆不已之風哉。將
溺於傳聞者。今乃徵諸耳睛。讀書經歷僅室之公事
其身外此之追隨仿傚何爲。竊自喜者趨蹌進退祗宜
別于常異。而長嘯披襟。性實耽交悅異哉。僅又謂
不拘者也。以永令銘敢之揖茲軒窦能。而乃意引矣。和其
信議薦之。顧蹈然。撫乎。舉步。者乎。然憬乎。來身。一放蓋

人者見小野速之槃既不動于中。而枉己狥人之私亦不移
於路不識亦為高信人矣。
講家以此句屬言子所聞，下句之屬言子所見
由聞證之所見，恰可以截髮類，而當不遠
摹神情作者以兩截之定局亦是正格
沈念農師

知者樂水仁者樂山

開门見山

且物以觀知仁所樂乃爲美者矣夫曰水曰山同一物耳而樂之者美爲不可即此觀知仁乎且人於性之所近者徒觸物以興懷是亦可强爲證也蓋接於目者適以發其氣象其識於中者遂以發其神明境固難然以相乘心之暇然其象隨而其境之洽於心者遂適然其不相侔今夫心不足以造境而有時若造之者有境之心也境不足以合心而有時若合之者有心之境也則試以

拍入樂字
鍾倩

知者仁者論品詣不容以貌襲本非有知者仁者之真則雖班
擠取義名而即此偶觸之天機通物而早乘其趣無他、中藏
之不屬也性情非可以強同流露具知者仁者之實則當其流
連景物不自有其深深之意能默喻而有見其天焉無他嗜好之
攸殊也則試先以知者之於水仁者之於山論雖使以淵涵者言
水不第賦測其已耶曾何測其意焉乃自知者遇之而即境
之怡神即在隨流之趣自知知其為隨遇情者抑使以攀援比

言也不第款涉彼己耳豈有動於天懷乃自仁者當之而歸
之也方歷夫崔巍悅性超形至愉快初不意其歸我心者是則
所謂樂也是則所謂知者樂水仁者樂山也夫情寄之覽水第

出題活潑圓融

一形之呈耳知者見之而呈其形豈仁者見之而遂斂其形而樂
思者竟專屬而不能相假焉而知者之思於水有不啻知者之

跌宕自喜

意與知者思矣知者意與知者思豈結契固不待言則知者
之與水也其投契之何難領決也推其意直不見喜而喜准焉

物諦只在眼前活潑潑而祇見潑潑也則亦曰知者見之謂之知而已矣此
崎之容山第一點之著耳仁者遭遭之固著焉然寔知者遭遭之
而遂藏焉流而樂焉者多過别而不能相謀焉知仁者之意於
山有不啻仁者之意與仁者恐未仁者意與仁者異焉惟心固
動於天則仁者之與山意焉會心正不在遠也推焉意直不知有
我焉有於焉有義焉有恆而惟知有仁也既名曰仁者見之謂之仁焉
透徹明快機而已是物渴天地流暢之氣物則水而仁人則知流天地凝聚之

動神流是
大解脱是
大辯才

氣物外山而仁人則仁是山水圍天地之仁知而仁知乃吾心之山水也是而樂者在山水而所以樂之者何不在山水也者智動也靜智也

靄氣往來後帽尤看月到天心風來水面之物

本章自以動靜二字為重前二句就性情言後二句就功效言皆歸入當中二句內朱註達程事理周流無

滯出於義理厚重不遷四語是樂水樂山之所以然卻只是動靜實際題既單出二句則不得用此詮釋蓋一說破即漏入下文中程也論書理非詮釋不明論題合一詮釋只錯 沈念農師

不憤不啓不悱不發

學貴有受教之地，當自思憤與悱矣。夫使不憤不悱，雖於啓發無由也。子甚言之，欲於人自為受教之地耳。且古今同人，而識或殊，術道知論心口之間，此教者之知所也。然必其有意於伸而後導之，有術有能求達而後聞之，有其端不倦於誨而亦不敢濫於誨，不能以無心進取之人而概於其有造也。意在學者而發者，伸之則為……在學者而發者達之則為……夫弟子於師未有不……其……者也，師於弟子……

發曰：啓曰發，園學者之大願，交友者之深心也。有不發，未有不發者也。發將啓之心，日本平嗣，夫學業切劘磨思

亭華將欲覺挽挽耶，並何而英華獨吝於發，欲鉅累未見其積串

面相接而心不相謀，惟惟者誦兔，唯唯喏喏，是責發將彼之功日

跋提季分益進夫拙鈍，自任高邁耶，擱面和耶，浸假而諱，莫聞於謗

沁兩原清訕循循善於講，擴寬維延，而人如甚遠，吶吶者為名吃[illegible]口

遺識然，則將以不啓不發為教者罪矣，而亦知有待無憤待

其悱之說在和事必兩相識而後兩相啓，與憤有相識之

機為之夫使其機既動而懷此求通之念若此者為難並莫釋之中一為推陳翻駭者不禁此心之境覺相必啓悟端乃可竟其妙若與悱有可尋之緒為夫使其端既開而合此中藏言之神妙狀吐之遂嘯嚅猶伸之時猶為代述其旨者祇知當暢所欲言而善之為其不憤也而若啓其之人必自慚於獨發之中而復無人之使獨發者推擇之而言能俗使彼吾可感相解亦以其應從為信為情學問置諸度外

寫出所以不得不發亦詞達耳明趣處昭往分賦無窺語筆泛設

何思何慮。是能聽其自然。奉吾儒之藏修息游。晉弛於自暴

自棄之身。而不悟斯耶。亦曲筆其實頑者俱無知所困（何法啓迪乎）

者。同此一言。懷者聞之。聞其説。不懷者聞之。懷其知。一導以意。

所（自）得。一隅以意之。所知蓋述。但秀而豈若閉閣議者或見識於

失言。契水之。自難指稱窺之前。而後知之善。稱察者備陳所而悉（而奈之何其可排也）

換倚徒彼。無可稱。出話或犢（於）。莫自中無所長。樗腹詎堪一錢

觀亦誠愚。捫舌非閑。自勵。奉吾儒之學。默然閑處。悉隱於不識

拮華嚴將
詞意互此方
能暢足

不肖之輩而不宜焉，斯即諱漫明之，其簡默者自薦也夫。而如有
同此一論，悱者聽之，復先得我心，不悱者聽之，莫識所謂，一迎一
機而塞，啟其言之柄也，一竅指胸而莫知其言之所入也，黃者而
棄之，若遺議者徒誚其費詞矣。或顧嘗觀帥憤吾
未植而舍，不知憤悱者平昔實無憤悱之讓者，而能者之發
幾於生來直以憤悱爲或者能憤悱而華，僅勞其神日
甚於不憤不悱者，與物莫如焉。

三月十二日

照註切發名靜細尓明蝪步驟
亦井井有條

不義而富且貴

設觀於至順之境，而無有不義也，亦境至富且貴，順矣。然有義在，不然者，適成爲不義之富貴耳。且夫人莫不奔走勢利，知吾不知，者去取之未能有當，知而爲不厭者當然，而惟逐之爲以勢利爲念，無論其不獲，勢不獲利也，即爲厭而償而去，恥已遠矣，則亦適成爲勢利中人耳。若疏水曲肱而樂在此，其樂固不在富不在貴也，不在富而淵處之陋巷，簞瓢淵身亦在

雇富貴字 明作

一比翻富貴
一比翻不義
以什是之

貴而天爵之修，自超人爵。故國有無關於境遇者，為是則不求
言富貴則使富而當富，仍攬殘存而席豐貴而當富貴之
可析圭而擔爵，此又有善自裁成者，為是則言富言貴而
必言義，蓋天之寵富貴者，直不啻有義矣，蓋義之得心也
甚淡而富貴則炫耀而可欣，於是背而趨之，則仰之惝昌肥
甘仰之榮身，日軒冕而快之，中為是為非之，則國晞豔有所
勿思，且天之求富貴者，幸因之害義矣，蓋義之光事

也甚焉於富貴矣雖艱難而難合於是恐而去之登壟者將
知闔利縱門者巧宦營蓋而方其內惕惕悸悸理之端遂悍
然有而不顧侵於此而不曰富不曰貴也彼雖而有待者終常
心祿利謬擾焉營世之可資憐迎之意而不之曰富且貴耶
縱羨靡聲而陰曲稱之胸懷而徐思之倚搖仰恥之由者
訟心而究勉而較者闔惡之不義也耶於此而第曰富第
曰貴也彼妄以自居者且安享崇高竊附於立身之有道

惕先知詢而奮之曰不義者爾神乎否不得相蒙以道諭
而徒由此外至儻來之物有托足而殊未可遽者物奪然不知
之富貴何也蓋富貴在天者也不義則以人而貪天矣雖身
寵家溫然莫問發祥之自而人定而天爲可勝者徼圖
值者僥倖富貴在境者也不義則心爲御境矣縱位尊
事成已不勝兢惕之情則心爲而境爲歸者爲卑評定
知擇者亦名爲浮雲云爾安用此不義之富貴哉　項梅侶師

而從之字不善者

即所從者以爲師因遂及亦不善焉亦當從者不易得從

所以必由於擇也然既曰擇則善之外豈無不善者乎且學

此句甚佳轉亦明白

者今已從人固樂乎人之我勝也甚不願乎人之我過也雖步趨

所在自有專歸而邂逅之餘豈謝賢士之既景行亦必氣昂

弗詠人之善己良也故求師必先擇善何哉彼善處身心之爲

此段用意亦是勸人不善字亦不犯實

所隕越也凡不善則穢而不御自進於善矣今幸而相需賭者

相近純疎殆可文脩失之而不奪就正和則從之甚為要矣所從之所以立身者懿範當前言坊行表之宜不啻勉我手宜也吾從之而容止可觀威儀有象者雖未嘗面命而耳提而不難鼓志於觀聞之際者所以從之涉世者若徽存焉應事接物之要不啻誨我手諄也吾從之而進退動靜以宜不為進退以度者雖不等前推而後挽而自可致功於觀感之餘者也定吾所從殆所謂主善為師者歟今吾從之云爾

豈惟道隨在一日翕合而一人云爾哉。然則皆與善謀而違正
人，非比類以偕和辟行邪，高間風而遠退，感懿恭子道
長以人，道衛而凡不列於善者，知其所附首之謬矣，道難然邪
知正相待也，有正即不能無邪，賢不肖相形也，有賢必豈無
而前則於所從之，可不知有不善者在乎，行僞而情言僞而辯
不善者猶可相親也，然第恃從焉者之有資而心中有善者自
申，以資無不善焉，則自人心隱矣，尚不適以媿之，曰此尤模品

於端者奇無可賞格無可析不善者奚煩芟夜也能此者從而去之法而目中有不善心中不敢存不善者則揣鑿之疏矣易不辭而出之曰此能揀擇不淋者假或曰知之固不少可從之知而無如不善者方揀之乃言令色之與以文寔歎而歸之於詩後且自居高善而示我以可從之詩不知擇之甚難也雖然從由於擇則不善固自將趨之惟日改之而已耶

此作頗有切當處心得大概如是　項樑伯師

民可使由之

由之在民此其可使者也其道在民而由之然上之可使者不外是心耳子蓋曰此其［則］可使者乎且民日用其身於事之中民日用其身於理之中也然此事理之當然者耳以身應事惟率步履之有常以理來身自覺範圍而不逾是謂是循順帝之則心之動如是而已也即上之權亦如是而已也何則天地之氣亦有清偏民則氣之濁者耳故其歸且有不能道其因民而隱苟就

日用行習之中而循定所守則藝林之衆亦克共游於坦蕩之
天而萬物之材必有所用民其材之庸者耶飲食且不能給無
豈因民而渝苟擾刑齋政道之柄而使之以守則猶責之飽
孰敢少外於蓋行之地是則所謂由之也而民豈可使者乎
哉不則當知之雖也天降衷有恒性各生無不畀之秉彝
而湯之於性知者鮮知而副之以精加孰謂民而不懷怨和和摩
民以義而柔敵之風由之以結漸民以仁而愷惻之意由之以生

著 賓

舉凡忠信廣聰無不因而使而什一之道循而民性可復民之
神氣容合而興動之而容之喜之而怡然情也曰吾之所以待民者此於是民之
而以為吾者竟至於是也而不僅之辨也夫舛楚謂嚴惡
居黎有自然之分量而國人以權擬者觀之為量以相償耗
譁民而不以色怒乎禮以節民示之以禮即由之於禮樂以防
民示之以樂即由之於樂舉凡父子君臣無不因而使而會
倫紀而民風可變民俗可感動之而容之喜之喜然後也曰吾之所

則於民者不知邦民之而聽于我者知不外乎也且吾世有所
謂秀民者氣有所謂頑民者氣而一持由之說則不特
秀者固相率而入于金即頑者知漸化而蕩于軌是可法
者固無能秀頑也智愚不齊者天之所限而其實命智愚
而導以同歸以是為宜民之善則亦已矣抑又有所謂良民
者氣有所謂莠民者氣而一準由之說則不特良者固
樂就乎範圍即莠者知勉循乎繩墨是可法者知無分

良藥也。賢者亟不一看，習之所知而與實合，贊而備之矣。
道也，是為化民之境，所已知不可使知之，有必然者。
民字分際劃得清，方使由之，故一撥
即醒，而不文不可使知一層分明白在
言外矣。文情頗覺疏，力幅寬無善
沈念農師

如有周公之才之美使驕且吝

極倚恃才之心為之上推元聖為夫人之驕吝特自恃其才耳亦思才之美有如周公乎子故為之推也令使有自恃其才之人而吾謂其無才其心不怡也即謂其有才而不極修其才其心猶不快也不知有其才而自恃其才惟恐人之不見其才復恐人之未見其才則何以為之設一極有才之人以快其心也今夫人之有才固如此而亦有者而

拈一才字在曲盤旋全是如有頂上圓去而題中意於自到

跟綫下接筆
趁勢接出後
筆前捷

接出後字且
字惜好再筆

已而獨有者也，雖世而常有，則我有是於人，人亦同有是，
於而振矜之心矣。自而生也，烏知獨？雖已而獨有，則我之
於可示諸人之手，亦可授諸我，而鄙嗇之念無從覓
也。烏知為諸生之獨？則負於己，復傲於人哉？視手為人
生不輕有之事而謝者，竟有人莫己若之形而與為貌
則藏於中不露於外哉？視手為舉世未之有之意而
治者更為秘而不宣之隱矣，使生獨而不知或不聽矣

友至兩次來示錄中且字甚好

倨傲耶？謂彼雖高傲無謟，猶足以為人諱，不甘於自下乎？乃至驕而且吝，則有才而矜之無藝，猶淺；有才而隱之無竅，藝更深也耶？誠無吝而不驕，或不任無閑藏，不謂彼擬深沈無忘實切於自為，誰不以之相諒？而乃至吝而且驕，則藏才於己者，情猶可原；歸才於衆者，情更難堪也。蓋是者豈有他哉？彼第自恃無才，乃自恃無才之義耶？不思才之美者，孰有如周公？而周書詳立政之必屬

根本翻
騰回如有神
行

而庶司百官益不克知而灼見其庶司百官之才者莫若周公之才知周禮記官人之法而考工制範程且悉備而無議其考工制範之才者歸諸周公之才知天下有為周公之才之美者哉必持抑揚之見而論才之在今日者必不能如周公知免輕量天下士然名思周公當日采自矜其才和設法自矜其才以將吐哺握髮之風必不見諸多士者以備懷之謙抑至今稱頌弗衰也則公固

未嘗譎也。奈何有云云者，修然自然也。必持述聞之論

而謂世之義，周公者不僅稱云義，未免薄視周公耳。

然亦思周公當日采自秘云云，設使自秘云云，將為秘

為藝之見，必不示諸臣寮矣，而何以制作之昭垂至今

歷歷可睹也。則周公固未嘗譎也，奈何有云云者之論

莫可深也。雖自有云云之譎言之餘耳。何足觀哉。

前八行翻騰而大度，次清勝氣機

流晴　吳竹巖師

三年學不至於穀

學非爲穀也，雖人雖想諸三年而去學宜爲穀計，然
而不至者鮮矣，何况於三年之久乎？子而爲雖想人也
莫曰如之何而爲而爲者，無怪云業，居於此而志存乎彼
也。懋厥修，方能立畢生之業，而嗜情利祿，不曾有
借經之途，束筆待歷年之久，不可謂道味淡而世味濃
敝守其功，不業其業，蓋甚嘆矣，而爲而爲者之渾忘於時

（如題收合）序之邇深耳（而不自知也）今夫學莫定也定之以志必堅也堅之以筆

（清空集段）雖然學以志而定知以志而不定視其志之所向何如耳[illegible]

誦讀書（合）方對陳編以自勵而一念方隨其加一念又計其

（寄日昨來）名祖此念之至嘗轉移而皇皇者安知其知專精而不以

（諸有真意）自操志以筆而堅知以筆而不堅視其筆之所積奚似耳

春煖冬寒方期積日而累功而有時入於其中知有時而

幽和其妙即此時之相嘗迎感而抑者安其歷寒

暑而不作自然，然則學而志穀者往往然矣。亦曾思

襯一股義局

學焉者幾何年耶？古帝王之治世，必於三年考績紀

示寬也，責以成必遠，以待幽點陟而亦為受穀者所嗇

勤惰之君子，乃可以化成士，修身必於三年，視其功能而後[illegible]也，積以有[illegible]

漸乃要以成就，業樂群，無以蓄力，學者爲純雜之辨

本句提出截清下句

則試撥一純學者於此，任歲月之變遷，不易襟期之

二比渾寫正

澹定，澄其心而渺其慮，苦凡攻苦，深知運於上，人變

意言簡意賅

談虎我共

成風度

[illegible]下者勢不得不造化推移隨物而安之者任世態之請[illegible]

艱難轗軻胸懷之蘊藉[illegible]精而會神萃凡人世

問得之則喜失之則憂者皆不得不[illegible]時側以攖之

自治之衷蓋惟有學而[illegible]穀[illegible]是者已三年

[illegible]三年中日就月時方悲[illegible]來[illegible]矣

學惟務於己者無有不足之誠[illegible]於世者自[illegible]而修

遠游[illegible]

此足以知我之意而已知吾無限苦衷人者有幾世莫莫哉　不禁慨然遠慕而嘆其人之不易得也

三月十四日

頸腹以下思筆清穩布局安詳一路出落停頓後股未收煞此留得下句恰是兩句題以後出非尋常擒縱可比

與命與仁

因利而記命與仁，見罕言之更有在也。夫曰命曰仁，固非利之可比也，
而罕言則同。門人所以并記與？且以理之至勝夫非也，禁人之論利
跟上翻致
必俾之以情與天道而無識皇物即知耶。然道由天定，聽之者
承明
涉於虛無，理本心而為之莫窮。夫造論而為義也，流精其
為功也難，竟而無新情於言也。講理萬於講知而且明，然物不由
收合承健
論而無知，孔子所罕言，豈止於利而已哉。利無顯者耳，顯則昭昭

不待言而指由顯入微而或主宰而知移或流行而不已故言

反指以勢

人有莫不能自主者時言諸鼻而義或可以彰之利其細焉者耶

細則瑣、不屑言者乃由細而大而或料天人之界或禮物我之

秘以測身有辭者禍者隱事不輕而義或可以備之於則命也

仁也夫子直非罕言也夫寂而思以深神必其不容有命也耶

其精以傷神必其不知有何也推於利之萌者含命其仁何以

聯合明快

程而與字不苟哉而豈知罕言利而與命亦罕稱罕言利而與仁亦默然難識

曰論孟而竟言之不苟也斯何如哉命字於生初人之所受於（偶）（秉）
天者不能固有以示衆也而有難言者焉義理之命能格物窮
理以致其知者以悟本原之微氣數之命能進德修業以安
其分者以為順受之益德學者也者以反之而強為告語將措
是說而索隱者有莫測其端倪者焉棄職宗而委心任運
而出驕言以惑者焉甚者人而妄冀遠天命人以諱妄是者而
必此矣也仁全於性知人之所以為心能不能辜以為天敘也而不有難

吾者矣一念之存亦仁從而續之極之終身[食]造次而無可違焉
念之發亦仁推而廣之極之博施濟衆而無不被其豐而已
吻仰之而彌高讓懷將據抽而忘其精不靈不至有拘守一隅
者矣忽遠而嚮至盡同賅同與有施心無垠者矣不執心而妄
新知物理人以蔫窮之幹者必此也然而命固人之所宜安者矣
惠迪從逆之說理之所在而數所固之夫子豈不以期斯人以上
遠而言其實不言其數慎儀所以定命所以戒指而重不威而已所以

騎出罕字
來面龍絕旦
不該也

御命宗其道指歸未明其一貫之原顓惰者陋之淺見者不得

挽合利字

聞也略以意想言而節論鋪加之不謬然而仁固人之所當為矣

目付

過雖存理之際心之善猶而愛以公為夫子豈不能偕斯人以大道

而詳其淺不詳其深加循可以近仁勉强以求其合循怨而以求仁

物惡以為之推其善諸而與國之人之私而告之未嘗離乎仁之

量而論之也蓋中藏莫測之微機論說取之分劑與命與仁所

以因利而并誌也歟

約我以禮

聖教漸進之以約而禮以範乎文矣夫約者約乎博也非禮則何以為約乎顏子更述及此不益見聖翁之善誘哉

嘗上談入
神情逼肖

曰知焉夫知予之紛繁攬覽而卒未能貫通也夫道豈不能該固當因此以達彼而學貴反己尤須即委以溯原乃御章揭其要於散賾之數得其主於惝怳之中而學範於身心者實親蒞矣提命也然循循善誘之夫子亦

以上鄙意一定之法

筋搖脈動，搦自神理出，處處剝膚

既博我以文，知今之學問之道，不僅以著於外者誇涉獵，尤必以聚於中者擴蓄蓄，故雖誦有年，而所謂揭其要而挈其綱者，要不徒多是高，闇遂詡功備之已備。修持之功，既以文章之著導其先，更當以性命之原綜其歸。故自窺〔閱〕道而後，所謂去其私而存其理者，又必以人綱人紀，保知述履之宜，識然而回，初不知向之散而難收者，何以能聚而可守也；向之窳而易隳者，何以能實而可都

擾也此豈我之所能自爲哉知曰有物我者在有物我以禮
者在禮有當要之端子臣弟友之倫皆人情所當盡

此以下由道言
博以下由非言
尤賴有崇禮
知禮之禮相
到頭自

必明以真摯之誠則切近而非浮物我者所以萬全物而
不浮也物以當孝而無偽之禮以處偏物以當忠而推隨
之禮以獨慕物以當友當信而或物卯禮之真恍然知謝認
禮之旨意宜要於人而因事制宜者實本於天而稱情易
足也予於中庸之道而必以崇禮爲歸至即約之旨在於禮

可作强毅

語有斤兩

有不踰之則視聽言動之間皆物欲所易流必持以明健之功則慎密而弗疏約我者而以密宜密而不疏也約以思必而禮宜謹乎貌色約以思聽而禮宜嚴乎作為約以思忠思敬而出話必慎乎禮之經隨步必就乎禮之軌宜攝乎物而範圍不過者家制乎身而束性以禮也我所克濟之禮而品節禮自防宜即約之實也若學小有以定之宜歸或且歧途之易惑以約我者宜歸乎所以束我之性情也素之

巍乎觀之粗皆陳設之始基觀之精即吾身之縕蘊是
禮即禮文之中以夫子教我尚未道之前也而今幸提撕
之已復也道以有以主於或且妄念之雜指以約我者主於一
子所以錯我之備妄也而今稽古訓嘗之不至擴之自深求之
而足以益我神明是約實由博而階以夫子示我禮莫測之
源也而何幸指示之親承也此約禮所以繼博文而循循以古誘
也

文氣清順起法從上入手恰自步驟出題處令神俱動頗足鉤目此經處處之制勝不可不加意經營也 陳念農師

譬如平地雖覆一簣進吾往也

難進而雖進焉其勇往亦在吾也夫平地而第覆一簣亦何足為進而乃獨進焉謂非吾往而何耶世之懦於前進者欲嘆始基之不足恃抑何其不當有吾也夫積少成多無間之功吾續之升高自不漸隤之境吾趨之蓋天下之事但自為一己之事雖極天下之至難而無難焉夫知始基不足恃而在我者深足恃也如止者吾止固可喻為山而未成一簣者矣止則甘于

學指吾字

用勢

委靡而不振設法愧輟業於未諳而勵初志於崇朝則原因與歇自覺新謀之捨舊企則不能奮往而獨前設法用貽譏於半途而更精勤於創始則須筐在道詎云善藉之可憑倘有如平地而方覆一簣和自旁觀言之謂彼第一簣之覆耳亦何高於平地但恨捨級而登恐衛峙之無已也而或苦於愛而莫助或嘆其勞而罔功若自當局思之謂我第覆此一簣耳亦何益於平地但期層累而上思卒業之無時也則一念猶期於前一

念或安於方隅，而孰意其獨皇強冥奮發超越也哉！不知而復止一簣而餒其氣以從事，若既知而復止一簣而失其志，於是移若為山之必由於一簣而謀，始必期有終哉，一簣之必可為山，而穫不以降。高，知銳進於是，壯往於是，豈其別有嗜好而爲是可已而不已哉！亦曰有吾在而已矣。天地鍾毓之靈，人秉其秀，惟韜光息之晦，知天下有吾，天下無不可為之事，必不得自甘鄙棄，而令此生泡沒，自一成之地，日第厚其基，千仞之岡，若時可崇至極。

立論展拓，落筆字字出色精神。

一轉勇力

以嶇嶁之纍，爭嶙峋之巖，莫窮莫殫，及既焉而多所攄慮

精神爲振

而要不過細爲臆想，惟情吾識量之有恒，以積錙銖於寸

者而盡尺而寸咫以事其心志者，直而容有代峙者，嵩有華且恒而

收筆拓開後

知有進也。既亦殆天下有識者之其鬼而不以自禁，且即一造化

勉厲前學之神

摩盪之氣，人弟其間，惟勇者加之意，謂吾在天下，天下容吾也

以寫勇字

就之功，必不敢稍事逡巡，而令此身顛躓，墜其基有未厚，豈忍輟

義理功實

業而息肩，勢且未崇，肯任旁觀而袖手，縱使一簣之未竟，企

群峯之後援不日不月逆揣焉而正自意期而要之敢作逆揣
訐也惟恃吾力量之克當以相攖加於不倦而斯征敵葸所以
聚其精神知直不見有岡及卑有正有陵而但見高由也所以而
顧天下有力者勝其任而不以自諉焉已耶是故望之而或高一鄉

閱勤秀才
正意

或高一國他人有意而言之吾遷延而不由吾自愧吾業所雖一
鄉貫之靈而奮由者已不嘗有高一鄉高一國之勢登之而或小一
邦或小天下古聖有進而言之吾自委靡而不由吾自負吾業所

雖平地之覆一簣而勇往者直視爲小一輕以天下之至學者念
諸
批讀蒼山翁學以渾脫落物前四比
頓上二句舒徐養局惟思作翻勢靜
中得有動机於深厚情神後二
比法勇分股寫吾法精神切實有
力量結以映帶學亦自能

朝與下大夫言侃侃如也

言宜侃侃與下大夫則然矣夫朝者人君未視朝時也子與下大夫言門
人記其宜者侃侃云且待漏趨朝此位卑者守職之常也乃一人未
要下其在及歸且待揚颺於當宁而三卿正論先唱和和於同官所謂朝極
上大夫恰縱錄不從之以倦者一時剛直之概固已著於寮案間矣昔吾子
排題
仕魯爲小司寇下大夫也既就從大夫之後則必趨魯君之朝今
夫辨色始入者朝之常也而貴者未至賤者先盈又禮之宜也

頓朝宇館
梁生兜

吾夫子夙興陟眡習容觀玉聲乃出陟至朝雲濟蹌鞠躬
而容者指無論已迺廷燎之輝禮節和曲銅壺之瀝漏聲
向晨當此群寮屏息之際豈得默不語而已耶則有言而抑誰
可與言者則有下大夫焉夫下大夫者為誰司徒之下有小宰小司
徒二人司馬之下有小司馬一人有事則為司馬無事則為宗伯
司空之下有小司寇小司空各二人所謂下大夫五人也吾子為司
寇則與諸大夫有同寅協恭之義其相與有言宜矣是以本部

而已之言者，弟于全德備，不愧達人之稱，而同寮相與質疑辨

貼下大夫職

難已，自陽區執命而官制壞，自穆亂職稱而田制壞，自汝陽見

守法

侵而疆制壞。論大夫之職，或且因吾子而知志匡扶則已

此貼小宰少司徒少司空

叩斯喉者，知吾如響，謝疑之必有不盡，而已之言者，弟秉鈞

當國，攝行冢宰之事，而應司國弗幸法承令，已自撫強勝國

此以兩句貼小司馬少宰任一

敷以軍政者，弟何自致，兵之道在敷以祭典者，弟何與少卿之亂

句以時子法入

此上对

政敷以舊章者，弟何吾未子諾，已在公之程，何謂大夫之同心協

讀賦陳義甚高者何也言不諱也惟時者多蓋倔然也倔々則有剛正之氣和之意焉魯以相忍為國半由於下大夫委蛇徇偽而積而成者公緯之之務也廉靜和風氣至諸剛正自評手我思溫潤匡於黑竟萃踐詈以陳濂祖起自屬簡書貲明戒下知大夫謇愕之風洒以色令不閉也君子以倔者示之而以起一時情竊之理倔則有德直不撓之情焉魯者積弱之邦半由於下大夫唯諾為廷而讓而陵夷而衰之處實也公忠君子當

動至論經直自持手我思先賢傳恭蒙正言格焉父先君論學
以大義撐驚我嘗下大志到方之機何以不少經見也亥子以流亡者持
之班撫累章輙廢之風此白下大志所在也

步驟并於前路名有書卷

色術舉矣

舉之幾甚捷也惟色有以破之爲其畜之舉亦常耳然色實

一段即擊虛字發

有以破之至幾不甚捷乎且其物者事之害謂不清之或貽伊

戚也其事未至而先物則動搖無妄事已至而尚物則機

二語超妙入神頗有理會

知知之需惟動於吾物而機自我知至而以一去而不物者乃

稍稍遠遠之而不得已今其入世而涉世不我困者非恃有先

幾之據乎觀變而涉變不我攖者非賴有早辨之識乎

乃不素觀於物而不見其有然也試以爲之舉論方其未舉
之先人固與爲相忘也鳥不與人相忘也靜然不動祇自來
其而思而慮之夫及其將舉之頃人與爲擇相識也爲與人
知擇相識也彼亦相遭已非漠焉患焉爭之素而謂色
也且其色不以常之有非必有羅之張非必有罟之設祇此
動於不覺者漸漬霑濡于俯仰瞻顧之間此不機之至隱
者即而爲則不以爲隱而強以爲顯也非必險之逼於先

前。非必危之乘於後。惟此誠不可捨者。微相示於芒芴。者冥之際。此亦勢之至寬者耳。而爲。則不見爲寬而已。見爲迫也。亦以爲隱。則相與置之。以爲顯者。不敢置焉。矣。見爲寬。則相與緩之。見爲迫者。不敢緩焉。矣。嗟夫。人世。機械之端。亟百出。而相嘗者。豈復有終極也哉。而要必有所由來。矣。即亟而施耳。喜安而競安之。將有不及慮。者矣。亦危。已明相示。而猶與。爲徘徊。爲與。爲遷延。爲是天授。

欲比寥寥引我以舉之際，而我自謀之也。宇宙彌寬矣，而何所適乎哉？

起邑字中比 就邑字逆 之不像終日之飄也已，尋常飲啄之境矣，涉想而可懼也。

嶺舉字即 豈必在顯見也哉？而況已有所著，由色取矣，蹤著耶？

照撐別字 勢遲而知遠之，將有不為覺者矣。知去色方隱，相屬而先

後比凌空跌 五之預防焉，乃之遠引焉，是人速我以舉之機，而我早

步草繪合 神不著一字 覺之也。思慮所及，知復以離避乎此，固亦飄然神之妙

果相映合處 也已。是鄉黨終篇所以記雌雉也。

文學子游子夏

孔門文學之科見載道之有聖人矣夫文學而厄於陳蔡聞之齊[illegible]

之於厄乘而聖人[illegible]遂合者子游子夏記[illegible][illegible]舞刻且夫定禮刪詩修

儒以載道固子所以炳耀千秋者也乃一時至於而傳習禮樂陳[illegible]

禮論語而與言論游聖門者以而與一節之長以相與傳[illegible]雖在會

多故初不[illegible]乎無度其斯國聖人所進維而雜[illegible]置其已矣

皇閩庭中稽[illegible]聖人[illegible]高蕃[illegible][illegible]特[illegible]言以語

文采風流久膺華國之選吾觀詩書諸誦有援據

事請子已哉原其代以上初基人文章益著表兩宇宙文光華

領題雜説

於壬戌之際而貴於不驚者則於立言之中不背自名其門戶學

積而成業則立德立功而可稱為專家即聖門之學至

聚間聯閏為各黨之才各見識修息游有講習於遠離之淵而般

豈學淵素精之本而羣居恥肆習為而必精為其依其習之餘安

然不鬆者則嘗棠徒修辭廣業之外不贈獨擅其名蟲絲一

當爲各有此兩此文學之科所由名也精名人則游詠而窮著六

跟款講詩

禮分貼

經禮三百曲禮三千要皆人文之燦著子游學之粹乎簡要而文

為乎陶乎踊食旨意立孫之而翻其此國禮重興之儀而

推而詳之曰多學而習於禮者則文學之目蓋於禮而子游當日

固已非美富之堂而溫文而佩知之詩有四始詩有六義要其派

以上泛說文學
閒中句相八股其不及门心一閒
頗即開說下二股
作領事
文章憾前達
古今同慨

情文之備焉。子夏學之，鑑於文而害於義焉。訓詁垂爾雅之篇，書詢羅推博洽
悟考工之義，振以披紛，趙子書於同是說雅揚風之際，而夫子子夏琰者離而稱曰會而微指可與言
詩也。在詩者文學之選，趙[illegible]詩而子夏知[illegible]之節已，擅宏通之目，而多隨也
鉅矣，而猶不堪於弓，輯之時而尤莫釋夫雅羣之議，古今橫逆之
東而論文學之儒而見厄命甚，非必羞而不實也，禮此淺薄頭
秘擅歲沖於一時，遂以議造物之忌，而以夏守而留其遇，猶難僅
試校邑宰，夏憂傷且過於袞服，良可悲矣。何況困我焉，高揚而請

書焉。遂值斗戒[陰詛]之會，而[唱和]誦讀德述也。能文以擬而合，擅學以擬而如

燕而南人長於詞藻，子桓已名之矣。古矣北人長於詩論，予又已

和倒一時矣。天下聯鑣之儀，出於文學之士，而雲念[麗]篇，聯翩徒同

從陳築不及門

兩脮分春賦文

平生特尤分外

親切分外光亮

絕妙文心

氣相求也。惟此賞奇於橫樂，晨昏於風雨，昔有勝讀索之儀而

以不思雖而不惡指諺言，揆鎔於儒作本末，惟守吾先師儒術

自儕矣。洒流前言，德戒惟時讓之難，其[助我]莫喜闕，念鄉人之籍

豪越時如此楷積而論其學，與相遠而益顯也，而道及南國矣

瀟已化超幻吳矣䓁讀西河子夜兩聯名偉論四和

前路寫文學稟經雅切而不浮後二回顧上節貼定文學生情感慨淋漓尤見興高采烈

三月十五日

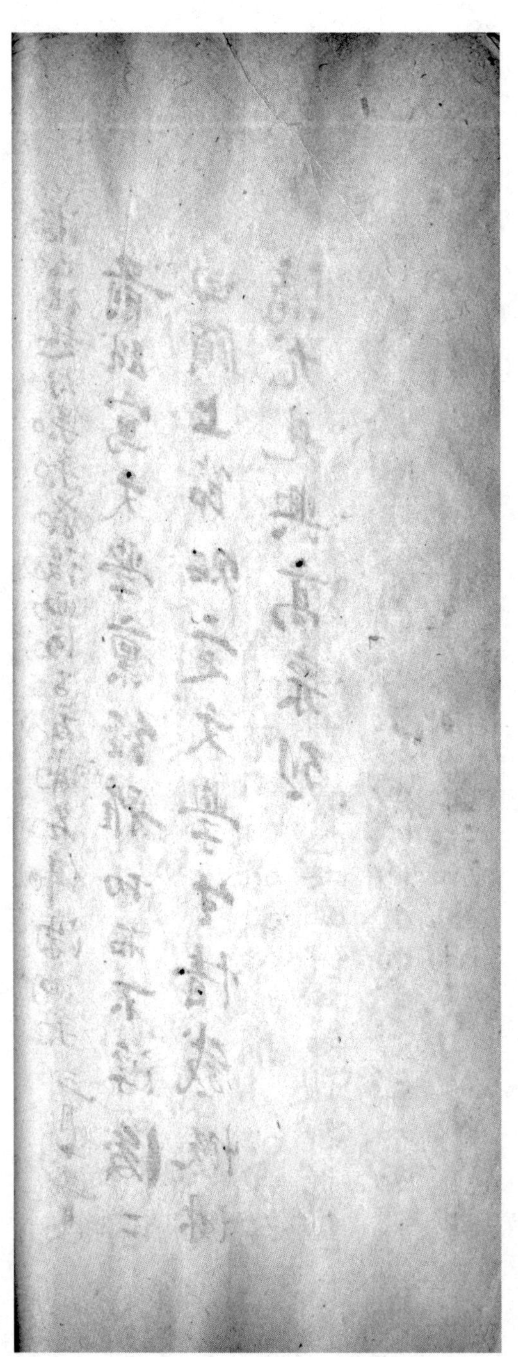

夫人不言言必有中

聖人之許夫賢於魯人之從其言也夫人而曰夫人為魯人言也不言而仍有言不中不言也子故揚其聲以冀與魯人之聽云且翻現乘切自無以提綰相高者空一語之當於事者徒之雜之以矣有言之不務為善言矣乃有本不易言而持之以所值不禁亦以旁觀而忽動於言此其於國計民生之故蓋有思之深而以籌之熟者信乎千人之諾不若一士之諤矣然而仍舊貫之言而乃出自夫人哉

夫言之未害不一天下固有未及而言者必有後之不言者名山
而鋭意勳名之士而攬陳政事彼固曰吾談吾用也夫豈知
頗桂生姿
高談雄辯之以遺患於人之家國奚知且不必言言之奚難也即
陳論有以遂而以口舌相爭勝議於徐播宜傷於激烈古之人
用古集選
繁響嗢揚御宗音獨謝高獨奈何激烈若是耶鏗然而嘯
雜風雨閉門而睥睨之我集彼固曰吾寡壽吾聲也而莫知其
識以拊古之常也無關於國之重輕奚知且不必言政之有係也

民法權不我屬而置而否於不問議者且極而傷於節默者
之人鳴呼陰鶴知鄙壯靡焉獨奈何簡默若是耶而其人則
何為哉昭鑒於前而不言者耶曰不然抑鑒於後而必言者
耶曰不然抑履理準情而自有當言之道耶曰然敢問道也何
道也曰知中而已矣事必有時時則當時者為中當若灌門
新化而觀新化而貴民勤於力則工業眾民勤於時則百
事廢了且人既勸說雷同我復不為挽救以導不暇視

只使必中體
於有本
附理二義寫
中字切當

政之得失，茲越秦之肥瘠，雖言焉而陳之，芻蕘以備採
虞字處活
擇焉而後即知。非不能，揣之事襲。非不能，鐫之几也。誠以目擊之為
遂亭家作
而過，舉不知，亦不擾也。事無不有之理，則物理之者為中，當從眾命
有細加證者，固而憩用之之，而民有損用之三，而父子雍耳。且
人已隨之矣。附咏我見，不為末議之參，不敢為政之是非為矣
闕之痛癢者。唯言焉而進之，瞳亦必朝夕風聽焉而後即知
雖知矩即之輔也。非不理，議之難也。誠以深計而妄費而不正。

中字暢之

也。獨先人之遺教，俯仰動靜，人子不忍忘先之情則然也。而矣人之言行，事事情著，是所以奉先人之嚴，法則俯劍不敢僭，闈範之不敢忘舊之義則然也。而吾人之言行，事事義著，是所以吾曾之與維諸書於其燒而長存之學不書，豈於湖子之言而還求所以存然也，而所謂言之者，萬無湖之者也。以我而吾覺識寵湖物之加有補於吾曾之被者不少矣。

筆情腴暢，親切不膚

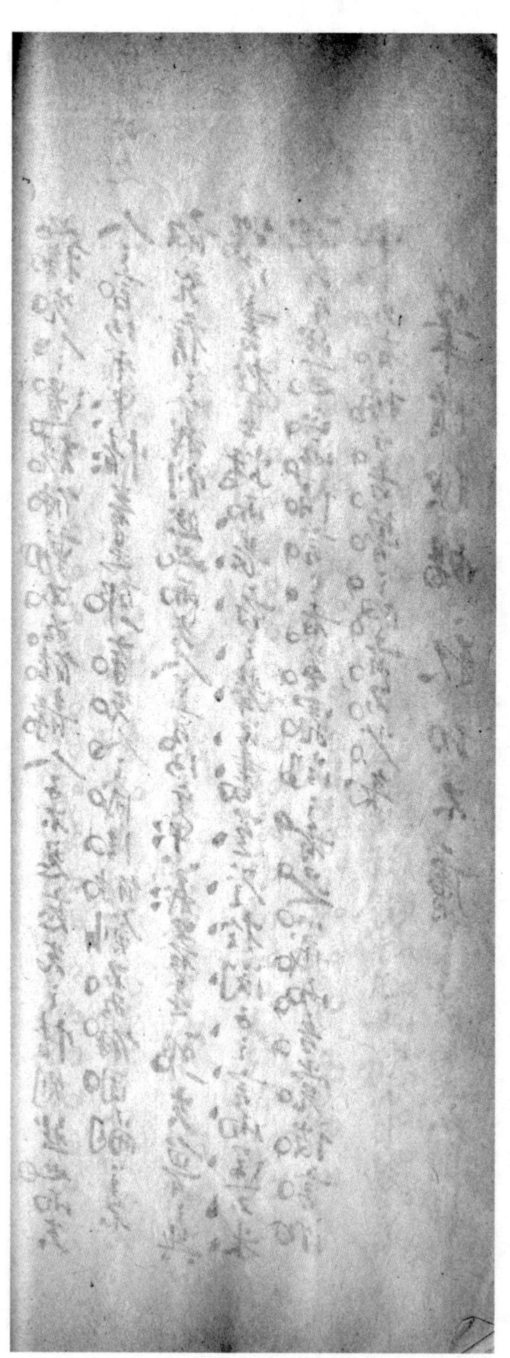

不踐迹亦不入於室

係於質者然於學所以止於善人也夫迹之不踐質美之所以爲善人也然亦有室在焉不學則不入所以止於善人耳且吾人天質既係而濁充學力焉庶可造於聖賢之域也乃或不步趨於平由天質僅全而無失不沉潛以入擴學力終隔而難通一僨一然之間有合觀焉而通以見分量之不誣者從此善人之道乎夫善人質美而未學者也以言乎質美則不踐迹者是也夫跡也

翻類聚

性始踐迹學義
静入不踐其而座以誦法見於思
立論若道
正寫明切

而何以宜述哉古人之事業常存足為先導於後世天下之閱歷至變洞堪追蹤於我躬假使庸愚當之敢不遵循而借以免其隕越耶故一念之動必資以端其趨向即百為之行胥莫出其範圍迹宜述也而何必要述也試思屈伸由義趨捨之著於衡者斟酌而以因誦詩讀書熟言之貴於前明者循而述述奈何以我生之後而竟見羈於前言往行也知而善人則不必踐也循其心之知而倣往不盡纏紘聆風

徽精一席見
以令螭

術之和也，任其材之能，而所術可與居，隨喬亞諸之由也，況淵伯我歷之路，而準諸古，所遠之論，有不營者，受塵而擬之，讓者比類循其規也，小蹈其繩也，誠以貫義，則居心流正，而自不遠乎流俗也。以言其未學，則不入室者是，夫室也，而何以宜大哉，對卓卓爾之知立，方且欲罷而不能，既瞻之而在前，詎忽中念而自畫，向使高明當之，敢不奮進乎，而期於闢其闡奧耶，顧淵微之而為堂易以窺，而積漸之所臻，非幽而險室宜入也，而非易

選詞琢句
偶見雅飭

入也試觀百思不得之處仰彌高而鑽彌堅室與諸艱探
仞而窺之牆宗廟美而百官富徒傷稱歎空深造
之功有不見涵於聖域賢關也乎而善人未能及也心有所
不知則本源難識見之表而未見之裏持有所不遠則胸
習未精正之處總難安之局乃至室與我相即我與室
從相錯皆不覺此之迹而即之迹者然前可擬也強滲所
據也誠以未學則所涉者淺而未徹底於精也讀不

請進而觀大家豈必於善人而已哉

兩股中反面正面各有實義由反面

折到正面亦有議論皆見細心體認

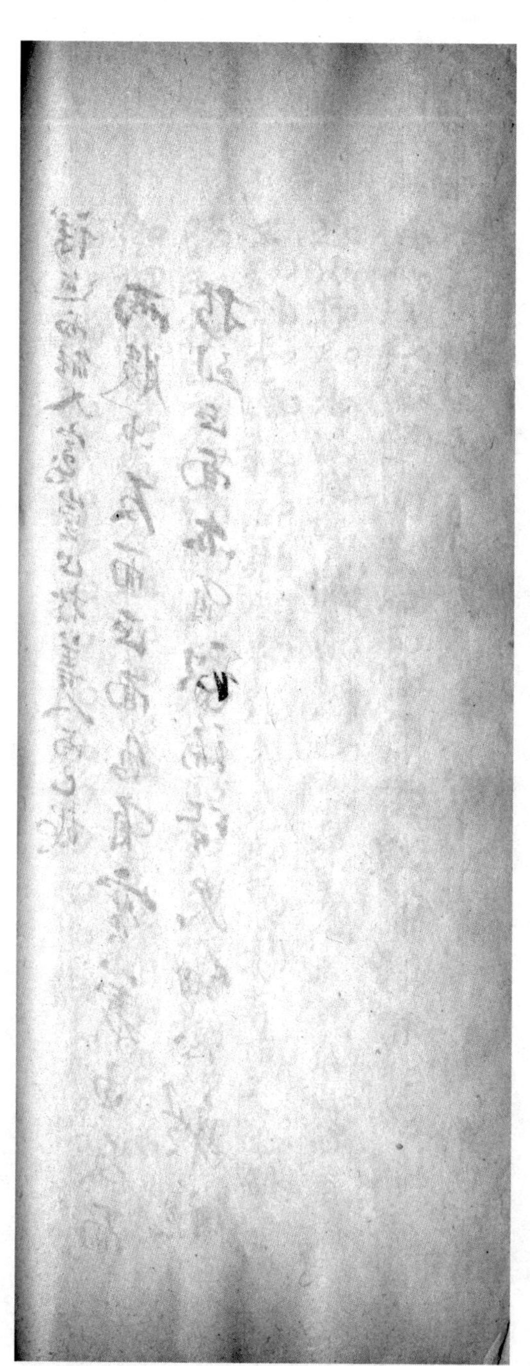

論篤是與君子者乎

以論篤與君子，聖人特於其辭氣亦取焉者。君子也，而所以與之者乃曰論篤是，豈以果君子歟？子故於其辭之，具古之相人者，聽言必繼以觀行，何其慎於所與也。而世之昧昧者，方謂有德者必有言，不難以貌取、以名取，而忽之立談之間。其宣諸口者，果其得諸心，而卒然相與耶？吾竊所疑，與其失之於輕為信也，不若過為矜慎。今之人莫不言言君子，而必以君子之實歸，蓋其言以德顯，名與功偕，識有不可窺

此題收合

逆提君子

於將上截御者矣獨奈何轄者轉以君子相為也夫物還而論之旨不之而為

看集說

夫君子者可以闇手對曰愷論篤放論之在人莫知其者乎顧

論篤字於知者中之際而篤之至於機為由和順積中而英華發外有不之在

開生言

宮泰者矣其惕至人之篤而倣之論其篤高談雄辯之自足

見重於一時而奈何吝此一言也抑論之在人莫窺其者乎顧窺

都實之蘊而篤也聰之論為由嘉其久之蓄而實謂之揣有不棄

錙銖者矣據即至論之篤而測其人之篤若書立說之餘自

可表明之意而本性惜此一言也。雖然，吾且思之，且夫言人者之
心之聲也，而知之真君也，特以聲形筆之，故假論說以觀之概耳。
不得心之精微，不能言也；言之微眇，書不能文也；況乎聽之言語
又毫循之，莫不有親證，而義理在乎心，不可測度也，非執一
一波三折雜論以窮形之音，將因虛之動之，而虛聲之觀，某善意，而象，果于宗之品
有古致
是耶非耶？一文將贊而贊將知焉，之論有并著之，肯第觀
賓從論焉。於出論之際，妙耶讀贊，易從古意，不棄神之重人，而得志，隱情

寓書不足
以定君子

至今尚有咄口之賢士，是論重於和而和少，泯論物之飾而意之述
也。乃世之議君子者，竟以此相尚焉，之君子也，少之獨，轂秦以言時
試以功篤之論，有相資焉。苟第重之，出論之際，則知所哉法
知道全之靈而無循，不苟無隱，自成之賢，是篤之和，幹而泌
當其論之枝葉而不可繁也，而世之議君子者，第以此相賞焉，之

氣於古久
之君子也，所之易君子者，形乃古之者。由吾嘗以論篤，恥知之君子

隨手拆床俱
而世之君子，恆出於此，豈論篤之和可以得君子耶？嗟我之忘蘇子

非恆俟

理氣究竟之精要所以爲人之道也。程懼賢者之難進而不肖者雜於其間也。今徒白論萬不如有筆並壯者在前。上截寫出深義，下截虛神自到，大喜其一波一折，動與古會，簇簇生新。

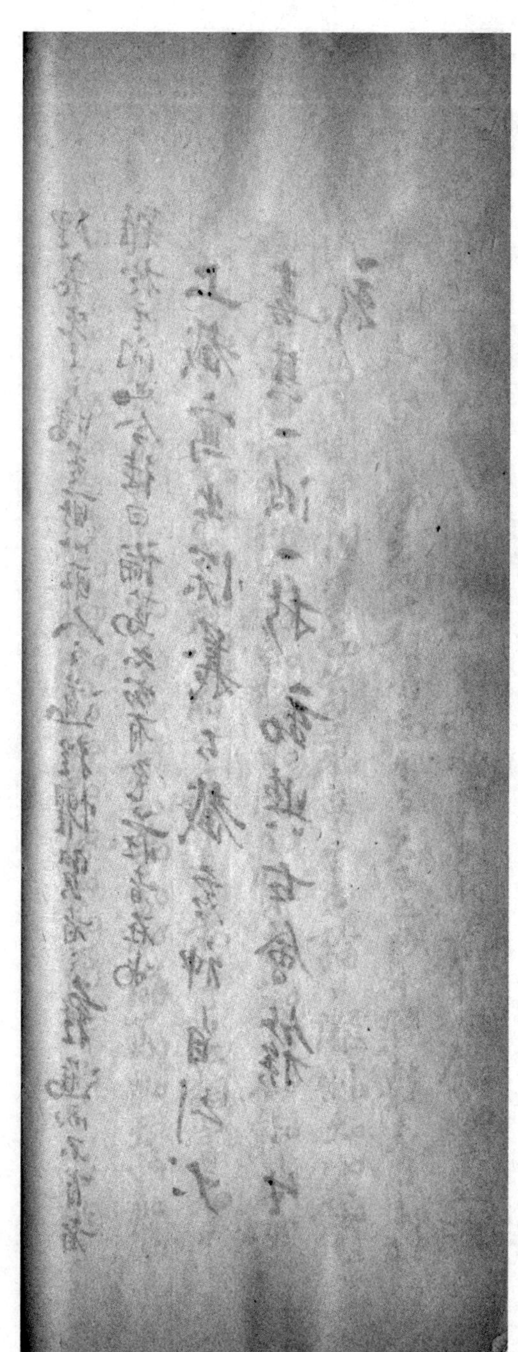

組必一於文，勢始不平衍。排句流走。

君子者乎色莊者乎

君子未易言也，宜豫為色莊計矣。夫君子固當言也，特恐論篤之未必君子耳。明言有色莊者，而言人可不熟審乎？且自有君子而天下之人品始真，亦自有君子而天下之人品多偽。孰知盡出於偽也。根心者生色，固可論造詣之真；而色取者行違於宜防。矯托之襲，倘使從言貌取人，吾恐未必無君子而未必盡君子，而人品之真偽尚無從辨已。此論篤是与

自敘

杯者固知之矣喜其子也雖然是果盡其子乎法之果其子也
是即我可以見者吾且喜之者深之幸亦知人未易識
難取信空談耳所謂得之須與者即可失之永久吾恐
操衡鑒者未免失之隸焉柳之果其子也是因表而可
以知裏吾又喜之者慰之懷亦相士喜難之誠慮失之觀
而耳所謂形有風議者即之概顧中藏吾恐擅品題
者未免過於畏焉亦其子豈不論篤者然而知（以）題喜之

知知字中有色莊者乎邪與正相持也而有時邪者亦足以
冒正冒正冒於色取言君子之法言謂行夫子之法行焉
觸而觀之號何不信字亦有盛德之志則正與邪之相蒙實
甚也善與惡相反也而有時惡者亦託于為善託取託于
聖色取其知之字易知其知之號謂之而視之號
以不許為設行之僞也則善與惡之相淆宜辨也其取者
取色莊者取為厚與人者平心以察也尤厚與人者執意以求

題神頭羅
錦出

一意貫注
議論明暢

也。人之品題原於心，而心非易測，其言爲心聲，聽其言可以知其心固已。顧儒者潛修數十年，擴而之，慥心之論而出之，工拙勤窳之間，采人心知不啻自道，而後者儒家道獨一而和順之積中，雄辯高談，亦曾明悟之蘊蓄，色莊者之矯飾，雖工且輟，之不知而氣餒，如縱也，而少不發其激而知不摘其隱。人之衡鑒宗諸事，而不非易稽，其言措諸聆其言不必測其爲何如矣。顧賢者閱歷數十載，擴而之遠

事之議而衡鑒乎揣摩之議之違乎事務者不竟
自適之儒者攻窮性理而略性情雖者驚乎明辯者
於今而論乎古傳者洞者宏通處蔽者之殊挽者擢且殺
之異者而古論如執也而執則正其不而執則流乎源莫然
者亦經乎甚哉

十講明順排場名好整巾四比逸發
而得神理後二議論明通之筆亦婉達

詞以達意而不可因詞掩意文氣所以不清文筆所以不暢者皆詞爲之累也凡詞意不能一貫者最足累文之氣譬之書札敍事處決用詞不倫則閱者不知所言爲何事矣惟文亦然未有詞明淨而文之本義不見者也

沈念農師

求也退故進之由也兼人故退之
更詳進退之義而以解門人之惑也夫求與由夫子各既進
之退之矣夫也有惑故更因求之退由之兼人而詳其故
聆從來學之所在不齊者大抵一進一退之故即所學之人
轉移須時知不學或進或退之義雖而善其因材設施在焉之退之義
同於蓋惟其趨之義當令其歸之必同吾甚嘆
矯枉而歸於正者聖人固未有意存其間也然由與求

題句有神

叙股深談不佔空由來是領前步驟

複句有神

聞斯行諸之問。赤既不能無惑矣。子曰赤。參。思。求。與。由。回。偃。爲人哉。今夫人之質稟難齊。而强弱既殊性情莫得而相易。故或則卑約畏。或則習尚剛方。撝遜就中。所賴裁成者之。色。涵養。齊。也。因思教之委曲畏葸。而彼此至誕訓誘第引以從同。故因其沉潛而剛克。因其高明而柔克。量長較短。而幸。漸靡者之會歸於中。也。赤。參。思。求。與。由。回。偃。爲。人哉。亦求固過此

志存

也由固無人者也退者必有以進之乃不陷委靡而不振矣選懦性焉苦於氣之不鼓乃偏於因無氣之不

劃銳而下截界以以爽

鼓而遂無以鼓之隱見器動而舉之機隱道遠而陷之無由舉天下之道德功名悉隨於一念之因循而不覺兼人必有以退之乃不至剛愎而自用矣輕遽素嘗由于心之不斂耳偏於因無心之不斂而遂無以斂之機見於惡而務於先賢是非一任其自便舉人生之論果遜順皆忽

出雀處字　字清晰

物循情之幽蔽而不知然則求何可不急急之由何可不退退哉故求也不得自護焉不能而必使跂而及之閉而不循其詳審之意大可思耶獨是求而求詳審也卻

曲折添一層　此段文思入細

退卑已蓄其進之勢吾何必為求導其先急何而退退數急進之數寡屈抑為而急而徬徨亦徬徨不據之念卽茍且偷安之念而追而形也惟進之使不終於自畫則刻其退而使之急有不審前或挽而滋推者而

懸殊意之積弱之勢於彊可移矣而自強之神於怯將奮焉故
由也不得自負喜已任而必使偷而就之矣問而即行
之果斷之神正可念乎獨是由而誠果斷也則進當
而亦退以御之御以為由指之氣亦御而退之意不存
進之意思稍磨熟之意而毫無所慮亦所慮者意以
必即奮往獨前之所可引而隨也惟退之而且之惟恐有
隱則抑之無人而使之退者御於息之扇而制事之際者而

識高之念於此轉換而識高之光於此可攬知

一讀竟做清穩緊以露題面兼用

翻論後用故字直緊正接出覆清

意步驟安詳通篇一氣相生有

篇如股股如句句如字常從靜裏參

來非率爾操觚可到

論禮樂

賢者進思禮樂爲治之重，其弊不爲無禮樂而以化民也。進之民而念及之，求其敢忽此禮樂哉。爲曰凡庶民既富方穀古矣，教之不可少緩也。顧教必有，而以爲教者，而教乃宣。戒以中，戒以教，和以樂，夫其治實有，治具互相需，其既暇家，而得不必離其耶？可使足之民求固，以無謀，尚和，然而古今來之爲民計者，非第足食足兵，然必有以節之，而導者念揖讓，衣食無缺，而典型

二段可用
擬潤

稍嫌字多
出以淡

國識議者曰乘矣則增美釋回要自有表防之道情必有
知之而後務心化說家自序擇而從少和風議者曰庶幾無
審音知政豈得無涵養之資潤為是則孤禮樂可亦自微矣
抑嘗不然有禮樂哉典禮有司典樂有職在官誰不守之然而
特其事耳國其事而循其意則識其所由德禮成化觀德之
莫為禮抑以閑禽之莫為樂也惟禮有經惟樂有記董率從
不肆之然而特其知乃因其文而違其情則摭證雜存指用

化也倫也循正情此禮禮發以還純情此樂也是故知仰裳而容禮樂鼓然故知仰敢怨此禮樂哉合禮樂之在乎古昭示無窮矣治定而制禮功成而作樂典章法物非不昭然備具以以雜具龍仰之蒸德傳禮器象舞節韶之盛備備樂章動意者知助治化至而運移有時也考協府而徵徊凡遁契聽之旁有知覺總然神明者矣念禮樂之在兩間周流無間氣禮雜於天陽樂著於地雷耳目為容詐誑自張庭翔以以權奮

廟儀當於禮之宜鄭衛而不得與樂志和嘉者風

俗成書鍾靈自有地也覽民風而慨想飲射讀法之會

有不禁黯然情洵肯親蹤讓歌耕之化即在野田擊壤之

歌不讓耕鑿從茲生而思德此室事本屬相與鑿揖

讓之依依誦讀食擊鼓歌之樂不比桑麻別康業而念和親

此室遠鄰窮相混世系有責求以禮業者和則日有君子在

前路當有安帖　家　項樸倡師

内省不疚夫何憂何懼

進言不憂懼之故當慎於内省者夫所以憂懼者以其内省而疚也於其不然更何所憂懼哉且天下之患無常處也今欲一心有可愧之端而後知天下之患乃得而中之一心不能自安而天下皆可危之境矣一心有以自信而天下無可懼之端矣然至無常而中藏可寧之節節乃情其信茲夫安其而不自得也君子問仁而乃易視不憂不懼矣今夫憂懼固動於内者

憂悸令服也勤於內外遷德之息將前於來事之先而憂莫釋憂
視憂頗雖清隱之者自詒伊戚懼之者莫舒乎情雖情會未乘而
嫉
一情索解於心覺凡事倫有窒困心之憂動於內外憐
懷之弁物而於物事之際而懼莫釋也深淵如窒感隔薄
冰似窒乎履當端緒未露或一時殆錄憂而猶訴
知莫相憐意之遠是人之不能喜者乎懼也而不思人之何
再令憂悸以夜懼哉人必未知和憂懼之心而後物之動者懼者相

推不內省之過不當而輒驚矣自驚即無自疚也平日之偷作御愧至狂
疚者驗實於
雜而不堪自問則畏首畏尾得無意念之擾攘乎必知
其真憂懼之實而激物之致變懼者備患不知而莫懲矣
莫禦知由無莫者也當時之度勢審情抱歉而莫謂
予懼則何去何從難舒寸衷之湮鬱此憂懼之由於自疚
實護不疚焉
也而不知君子之內省不疚者不知不疚則强為之心懼知而不知物仁者
出不憂仁勇
論不憂知者亦篤目疾首無在小私情之紛擾蔽於中而莫
爲貼二賊哉

能自克乃理以勝之而清夜以思其事焉而后告人之事隨物
以佚遊宴感任其氣强之私陳時際銷常而常常之淫宴
初不稍徇於權勢祿位困苦阨遇吾觀古之君子有蒙大難而
繫累於寵辱之心者有被流言而几几以安其度者禮其所
以不可奪者知慎此亮節恕心也而告諸天下百世之思之光明
物知其心之坦蕩而能兼收其學之高寄獨同於遠士之懷
瑰不容則氣足以配道而歸於勇者之所懼見其素霄雲

前此初文未用
不從此段用
另為參付

視瞿瞿，無存於志氣之消沮，餒於中而不敢自安，即道以沮之，而持守不渝，無恤譏訕於衆口，率履不越，謹畏檢迪於屋漏，慎御，懷愛，慈飭，章而炳然心之安。惕者，仰不愧，識於頤倫，流瀹際也。吾觀古之君子，有處至困之時而不失其守者矣，有當大過之任而特立於獨者矣，其所以不懼者，知權機咸，仰觀義理，質諸天地鬼神，無愧無惡，於志而所以不動於心而已。蕩滌於懷者之盛，以博然充焉，臻於堅者之盛，以強毅遏內者

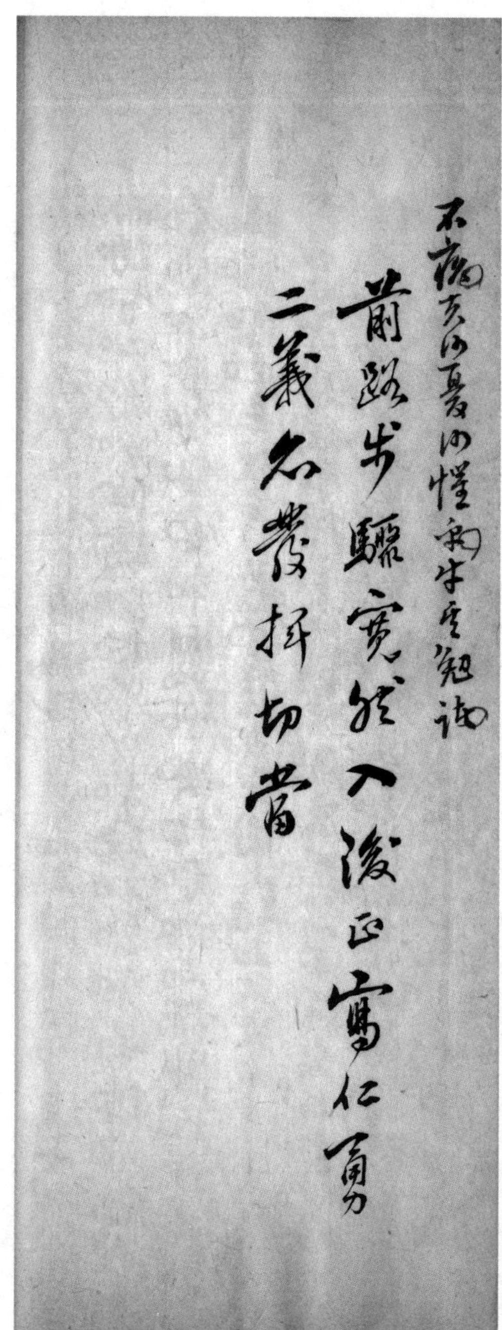

癸卯鄉試　足食足兵民信之矣

政有宜操于上者上倡而下必應焉食與兵操之上信應之
下者也政也然有不可急求者此兵食既足而民猶未信
者從來有國者莫不欲得民心也夫知欲得民之心必先
通人緊　遂民之生必先遂民而後以養者無不遂必先遂民而後心
一串收入　澈者無不周而後民生遂民心得而得民之政乃無之而不備
事端　賜問政者首知政之在養民生而民生以積得民心也者且矣

壘儲

養與教國有未可輕言者民以食為天食未足以養養未至而足以以足父叔也古之人國用必言備有三年九年之蓄者知坊耕桑樹畜之必勤墾之徧營實之飛種之速之積貯之追之吹之遯之飲之蜡之比户之有之和之縱之訟之兩之序之出之和之以畜之德之和民以兵存戟兵不足即教不周而足兆可以倉卒備也古之人國威必蓄者三軍六軍之設者知坊狝狩蒐苗隨形而平城之備濠實隨形而修葺之蕭鐵遁之

節宰薦秉材富有采錄之兼而有勇知必為就方之由
去兵之貴乎足食足兵者豈為民信計哉乃孰去不
極信於民而民信之知信小唯民之可含必於浙人心而摧
未維而必可以該名精當
鄧故摩義淵仁雖去兵食同陵而不去兵食勢收
知效信小暫時之可成必要諸人道而乃是故兵強國
富雖以於民信收知效而及著為民信之源知先人必乎
身家之慮而後能致力於朝廷倉廩實而知禮節

餬

此去徒仰事俯畜方嘆糊口之靡從而害責以效忠而

更嫌修遠
中具有吾名義
又浮悔浪費
而此

誰其任之過其食而節啟屬筆國自形其悔論即祧

寒暑雨知無從鬮其總將其身而偽者知心不能而忠

愛之忱乃已捨穩而並獻猶人必無兵革之憂而後可

相安於教化行伍整而知義方也去德我詐公虞方

恐置身之無地而强將其友子之誰其向之過之易而

無事卿相友朋助方同守出之勤臨難必同濟同德

更深而忠之力實心無貳者實盡必誠而後心之實乃5
臂指而并神知歸實念諸此段之全量也

此癸卯春卷也原批首藝圓暢
先端看般中幅尤爲警策題本不宜平
到三層須此方覺周到前後四比無有議
論調來　沈俞曲園師

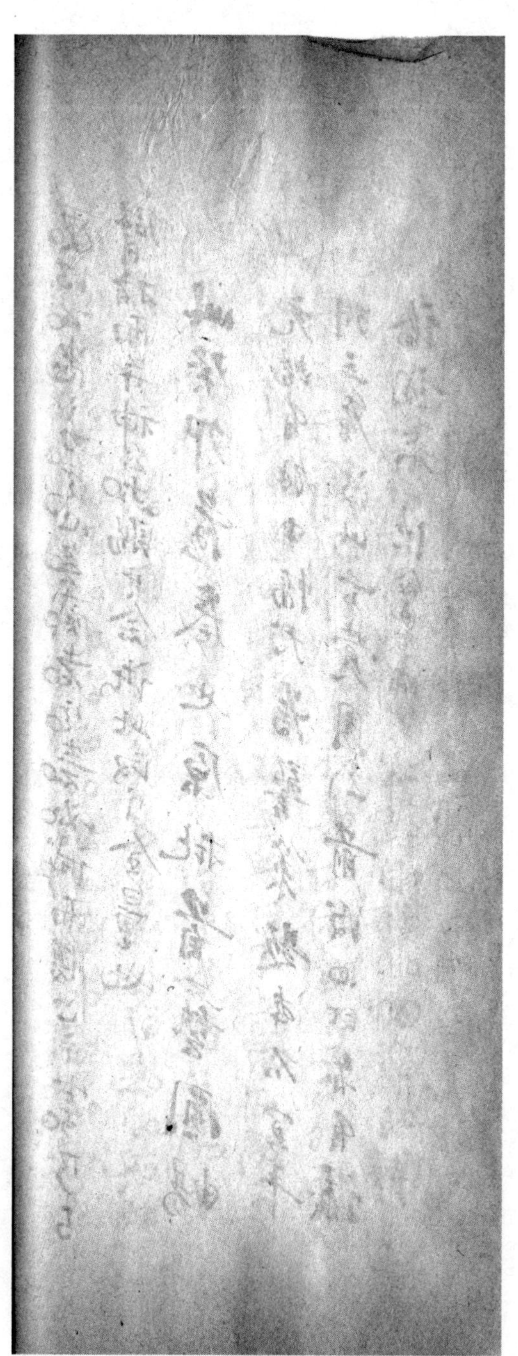

君子成人之美

美必覩其成，君子之待人，存矣夫。美自在人，何與乎君子？然有
不能自成者，君子之樂為成也。抑何存哉？今夫人有善，人見之矣，
業必係他山之助哉。不知善能自全，固貴其旁贊。善不能
自全，則功貴相資，而尚覽人情，而知獨善之益不為
勸善之全也。嘉者，善之情，君子者手觸之，而貴乎君子者，以培養
也。言曰嘉言，行曰懿行，要之美之所呈，於心目者，固蔚然而可觀。

據而貴於其於之義者所以成也義曰由義仁曰居仁所以成之
是諸功修者天稟難而素備雖然此特自成之義耳其
於道自成而已哉則固曰有人我公同是心也而有固有時出
之時以放人之昧而使時措者謂宜於明此君子之所以同人心也
謂以心在人而膜視之是於心先自有歉矣豈得為明心矣
子弟人之心同此理也而有存有亡固宜存以惕人之亡而使亡為者
漸進于務此君子之所以同人理也謂以理在人而歧視之是於理先

有新知並得為存理之君子審是而成人之美也有志然
者以為人之先導則小以知識並為義而慮者獨學無友不無孤
陋寡聞耳吾人當國萃自蔽之際無有借鑑者擇之用以
者雖美何以成其知識惟君子耳是提高而是命為偏專志
於聽聞之際者耳目為之一新遂致事理融通而燭然克照
人固美成於心而知之者君子之提撕為己至誠行為人之實
功則以行修為美而患者遺大投艱或畏難莫任耶

夫人當林交國之時，為有助力者掖之以往，行雖美以成其德者，惟君子。前或挽焉，後或推焉，優游於觀感之餘者，精神為之一振，追至步趨允洽，而秩然為達人也。義成於身，氣而知然，君子之誘掖為甚殷哉。想見君子有義之甚，殷人之成其美者，乃循例以推，凡昔之謹成於人者，已不覺今之還其初已也，則成之者以順其機，及其後人而流美，當知君子之業成人者，然涵濡有自，凡後之所成全

廣者要莫能今之有開必先也則成之必以宏之量盛則所

成在義而悉可為象成人義者為君子而小人可知矣

項棣侍帥

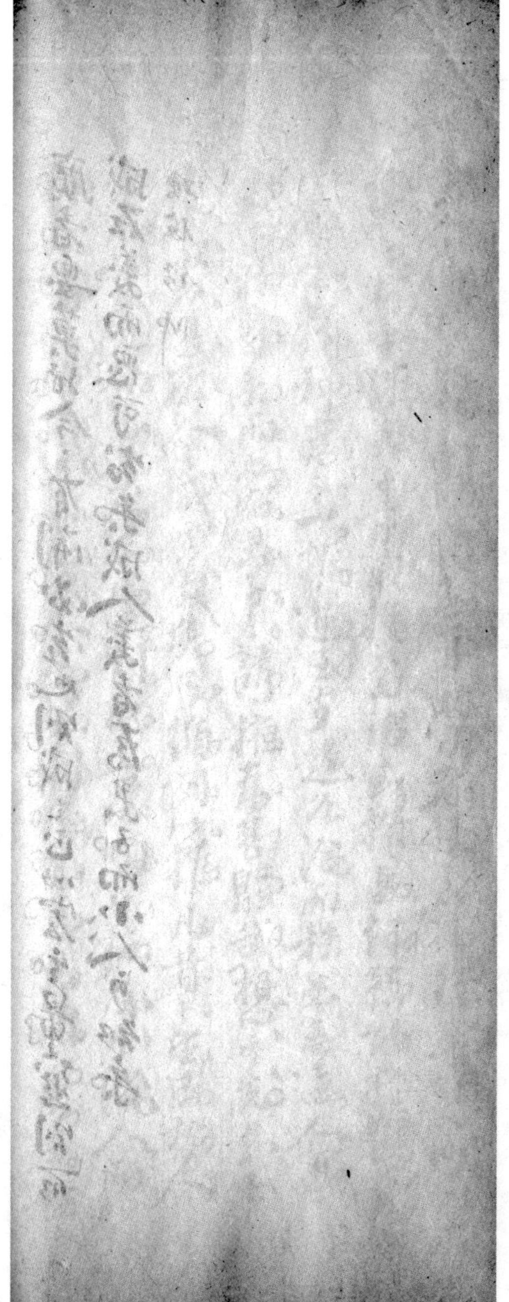

君子成人之美不成人之惡

即成与不成以觀君子之待人厚矣夫美在人而成之惡在人而不成之君子之用心不已厚哉且天下有善不善之兩途而人之擇所趨也

閭潤書仔

至權圓操於一己矣然從善易登諂餘易假於輔翼而從惡易隆又安敢妄施其挾吾嘗歷覽人情而諸善天下不皆隨人於不善者矣唯君子也夫所貴乎君子者以其備美於己也詩曰

嘉懿賦美

豪矣衍四懿矣暢四時而茂事業至美之呈於外者固蔚然

字牧

穩妥

至可愧抑而貴乎君子者以其去惡於身也瑕則滌矣玷則磨

瑕玷玷惡字錯

矣惟獨覺此扁辟邪至惡之萌於中者又滌然而悉除雖

出落清晰

能此特君子自成其美不成其惡耳夫君子豈自修而已哉則

國曰有人在人亦同是心也而心之德為美孰不欲成其德者

所慮者竭智畢能或且畏難莫思耳夫人當抑然知困之

或字寫出

奮而益有加者抑之以使不得廢然思返耶惟君子能或振

針線便有意味

而激揚鼓策厲於半途而精神為之一振追逐步趨當而

收足成字魏好莫遠人之美成於身者而而細君子之謂擄者甚歸哉人

名歧至事也而事之過者惡孰甘自成至道者而慮者桂理狗

於國且懲戒莫由耶夫人當日趨承下之時而莫遏止溺之指前

而收迷而不返耶惟君子破至惡而敗至謀矣匡扶於崇朝而志

慮者之中輟道至污垢除而梟良不限人之惡不成於己者而

而細君子之化導者已至哉若此者可通詩詩之美刺至三百

篇微揚隱諷美者固漸漬已久惡者且識化銷溺義邦矣

放家勝於是 紫服意各見 融洽

撫耳獨喜君子之心而成與不成體者且將與詩人而同歸

厚茲此者可例諸春妹之褒貶矣二百年嘗潛闡幽義在

固榮於華衮惡者且嚴於斧鉞爲君子抱爲善天下之心而

羨與惡淪者如將與其棄而共歸衛還於君子則能也而小人

在是矣

遣詞用意多切理饜心處知非率爾

操觚可比

子帥以正孰敢不正

正人必先正己聖人警魯大夫深矣夫己不正而欲正人先失盡師之具也己正則孰敢不正子所以警季孫歟嘗謂天生烝民有君而復為之貳使師保之是使匡度誠欲舉斯民而躋之中正之域也顧御正之興資於歷績而表正之本實自躬修飭乎紀綱法度綜乎人情風俗而實係乎端本善則之一身以握上行下效之機也子大夫問政而當政者正之謂矣今夫欲

精華遒逸 [illegible]

提六正叔

砥於矣者示我周行不偏不陂者蓋三之後自古帝王猶知成務莫不以正道民而民之言不正而歸於正也久矣天下之事惟正有以定之則第百姓日用而不知至所以示之者則貴有人焉居三卿而承流宣化洵堪置法於黎首也天下之物唯正有以納於範第萬民習焉而不察至所以示之範者貴有人焉列滂明而發號施令洵足以布之於蒼生也雖然子大夫未嘗使民正矣而猶有不正者是敢物不正也至敢於不正何也則知懷宜法懷宜

意不偏無黨偏無倚於其從風而靡孔子師之以正不可懷匪
（正字本原）懈之忱嚴防身之誼（義）以守臣規而無他則心術內正身由是正
名節而備踰不失正倫理而禮度不紊凡出身加民莫不軌
於王道之正直而正色以率君早已胥衆志而喻以神非先王之
法言不敢道非先王之法（德）行不敢行惟事臣職而無他則推
爲外正也由是正於朝而紀綱以肅正於家而黨篤以饒凡此
謀猷憲莫不本於禮義之中正而正已以經者誰不仰德修

據乃下句因而服其義如是而猶有不執於正者必民之敢於其誕妄而要

及其勢於勢是理也夫正者守正於一鄉不幸者猶懼於名之見咎鄉

有勢子之輕躬率物其孰敢自外於風氣如是而猶有或戾於正

此用晉書至虞方事材用者必民之敢即於奇邪而要名是人也夫儒者行正於一邑

家設安于治向化者猶欲濟於之不斯則子之秉鈞當國又孰敢自安於

兼文事頑梗不然則象魏懸書鴻疇訪範不自正而責正於民微明四

而知教化恥治正夫子知其出於正也而更御從之也是故古之君

開古吟合
收場鈕錫

孔正一身。以正邦國。正邦國。以正萬民。正萬民。以正四方。四方正。
遠邇莫不一於正者。著是道也。尚聖師論。

思議擬合

選於衆舉皋陶不仁者遠矣

帝臣舉而不仁自遠能使枉者直也夫於衆人中而舉皋陶舜之知人也而不仁者自遠焉是能使枉者直也可論且自虞廷命官而刑官尤尚威明如帝世已開刻覈之風矣而欽恤無生哉功可懋勸御寬福刑告罪德猶洽於物也此古聖人所以遍天下之人爭相為善而不覺民從之熙然而益發矣嘗觀舜之有天下今者舜有天下之後一舉而歸皋之世也鯀雖直以記

虞詞雅切

讙苗冥頑而逆命，吁嗟共驩比周，同惡相濟，不仁者且接踵

於朝，雖問為吉，賢師鞠寡於朝，堯之所以為大而親殫其材

也。窮之所以為君，當時得一人以治衆人，而選而舉者可改

此言以元凱觀也。八元八凱之選，書有明文，而激濁揚清，程程明允篤誠之

彥，則勢齊智擁之術者不尚寬容，而轉需剛斷者固為

此以禹觀也。有人存也，克勤克儉之覽，勤勵之著，而獲淑別慝尤在

以皋陶曰謨明弼直之英，則曆勵一世之權者不倚文資而專任其法

勢

野次數語以

諸有日

制者也儼然聖人也彼何人斯曰皋陶是也夫舜之舉皋陶舉直也舉皋陶而使作士也於使天下之枉者同歸於直也而當時之天下何其者也贊襄而象刑惟明豈不能除讒而佑仁乃明陰擯讒方商確於君臣唯哺之飾而前日之庶禮讒說初石問於家邦惟明之際蹌蹌而閶誡至講課則濟濟而默和者神也追至稽首颺言賡歌而仰夫帝治而四方風動矣

收意恰切且歸美至吻為惟妙惟肖也有自來矣附問而言底子清者甚

性陟茲而與善乃五宅三居加申命於公祿以倫而洛而當

抑定峯
皋閒宮出
不似芳遠

時之乃令孔壬重不聞於言底可績之時踵臣智而諱行也欺

罰則回心而革面者深也迨至垂冠于四訓相率而莫犯者矣

而民協於中帝且嘉予乃從彥時乃功也當曲勝年莫無外之

其之一段
文氣沛然
有附

難革者莫若苗而兩階干羽之且隨五服而來同內之難

化者莫若丹朱而九成簫韶之且與群后而德讓渾融

窮奇隨鷲鵠鯤龍吹偶玄冠賦茲宛莆酒天降洞吟

俱除不仁者遠皐陶之功實舉皐陶之所陳也至湯有天下之所舉更有在矣

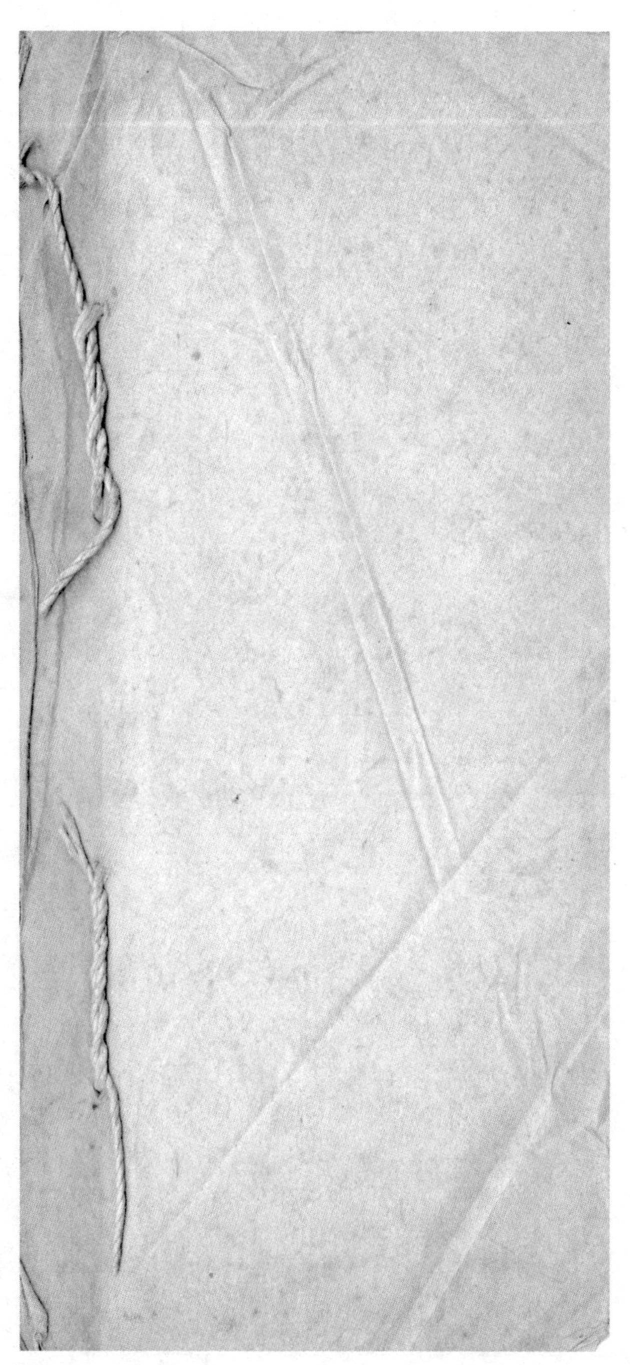

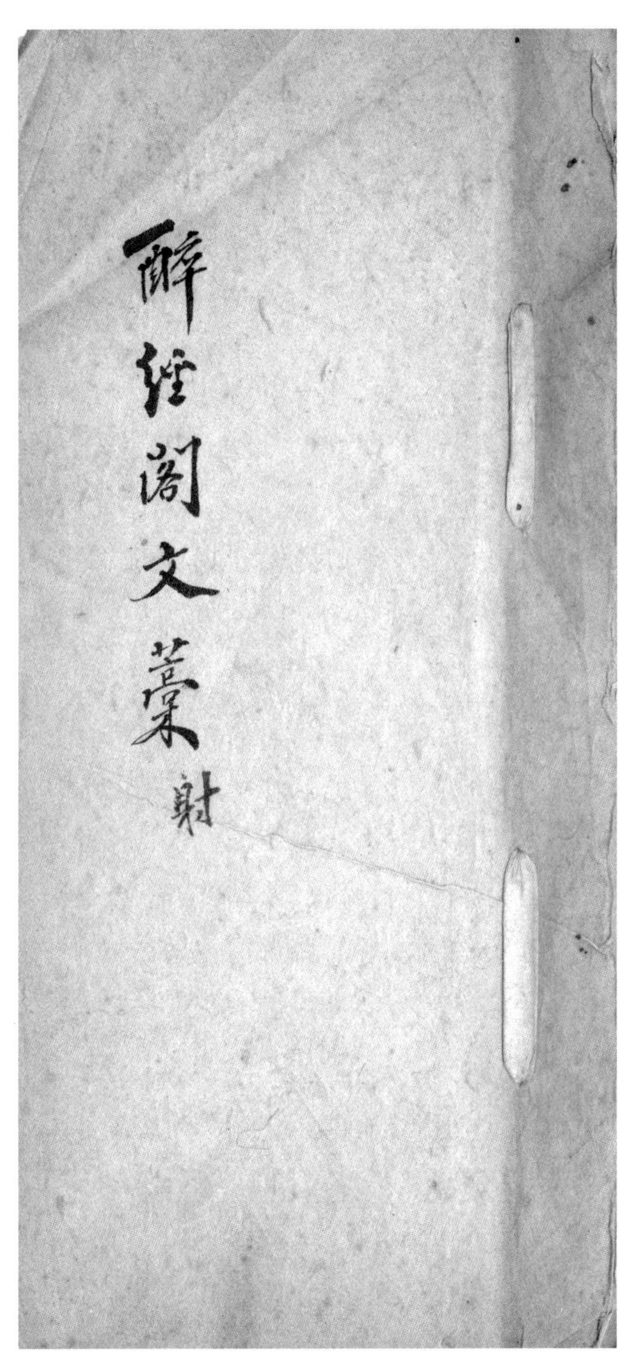
醉經閣文藁

先之勞之

本先勞以治民，聖人責之勇者。蓋其所先所勞者，皆民之所

有事也。然非上之人有以先之勞之，而必以時詔之導

殊，且其義養者出治之大原也。故養民者以治人，君以一

人義，天下之非人而聞責之也。養民者以事人，君以一人養天下，

下，非事人而代理之也。要必以身諭之，然後諭人，以責諸民（人之 而後民之從 無不與民之事 莫不樂）

者。親諭已，指出其一矣。義養民之事，務行其事，俱舉而

爲政之體亦無一而不備以一身由問爲政而由蓋以躬率行之事而不責
諸民知耶顧責民以行而民未必行先責民以事而民未必爲知而無他故也無勞貸無擇無倦也是望民之
不可先不可勞乎書無倦也惟擇其之人所宜先所宜勞者先之勞之之意而已政
之體立於行而行莫要於孝弟忠信去降衷而何以
有恒性好懿德而何以共秉彝是孝弟忠信素植民
心苟非縱乎不發民必未必自棄乎獨是民與行且聽
其自爲之則是民不與行且無聽其自爲也而無謂

開乎端發乎叢安居當政者之歷佑乎職和惟先而孚於萬邦者端由一身始知儀型之有自施於州莽者非基宮廟莫不表率之有由擧凡邦之切於民都而敢少有國循以自寬則離而善財之嘉於是意餘省醴先之以蒙而問視為政於寢門焉燕毛序齒先之以和而後先若忽於跬步焉積中發外先之以忠信而精白共矢於心要約不忘於久焉一人建極揆正

者而不留其形德意以倡和平和節民而移化於以漸漬
再凌出及發知不有同此一行求之民則或以慕賤自寬謂取法
觀、調氣意之莫自有諸已則善觀不識自奮陳禮化於世形者
勤留
此振先之者之弘人入懷哉政之用見於事而為莫大於
蒼桑師田素為民習縱上不勞而民無事必自趣矣
桑師田
夫厚民生必曰勤則不匱衛民身必曰備則無虞是農
特甚民華事而無顛於是則甚民不勞事而無顛
於此也而所謂乎之勝是之脈安在為政者之夙夜不遑

乎惟勞之而勤於庶務者終日昃至暇食之不遑力於勸課者風駕星言即桑田而說夢凡事之務於民者不辭少有暇逸以自懈焉幸作興事之怠乎是事在於農勞以躬耕莫不務於稼穡矣事在於桑勞以親蠶莫不修其織紝矣事在師田勞以整旅治兵而莫不敵愾同仇武功載纘矣人君躬親於上者人臣勿懈恭職業以董戒乎勞民而生養於以遂焉天下有同

此一事責之民，則或偷安畏久，謂樞密之不能親詣

已，則此更相勸諭，覺奔趨之恐後，如此紛紛之者耳

與民同憂哉。由此可知當務矣。　三月廿日

兩大股中氣勢縱高，詞義舒爽。

請益曰無倦

有不足之字先勞之言者聖人勖以無倦焉夫子路請益誠不
足其先勞之言也子勖以無倦正不益之益耳嘗思其進銳
者其退速而勇者易銳於求進情易加之有餘也不知物情
易加以有餘而稍於任事總出處之真加之以不足而難告成功此
其退之速也有可立而待者夫子逆知之而折之以持久能折之也其
進之之意益深矣夫子路問政夫子告以先勞矣然言也固

可大可久術之首年必世之事靡克效愈隆者也乃子諺
則蔑有未足然者則先之誘然而記鞠躬而請益謂先
之名第彝倫之地宰民興行焉之政則兵農禮樂有不嘗一
日萬幾者安得不因此識彼由己言而請業焉謂勞之亦
第桑田之務趣民趨事焉之政則體國經野有所當亟營
並理者名正性簡類旁通因己等而請業焉知之請益也當
非務高節難而尊奇大而不求宜可為哉夫子曰思儒者機也

人之勇怯，精神聚則敢，詳於事，事之中，精神散則敗，易於
事之外，是其氣盈之處，即其氣歛之處，所以而伸也，舉一生之功業謂
可生於崇朝，於其精神可從乎，收傳之中，於沈潛者，十僕之中，於英
生於思事之日，而生於謹，進之始，甚於善心，達乎博心者
戰者多也，辟以甚而強於敢者遠矣。人之智愚，志慮深而一言有
智窮之謐，志慮淺而一言存，是以思是其有鶩廣之心
所迫而務也，往之無務之給，繁不離獨往以一己之
即其固守之心，而儆益乘而轉傳之幾，於情者易知而伏
其志慮鶻圖乎數，伏，惫既後僕之
於勤者動也，端乎謹，以驕、傲乎畏，以懼乎屬，以怡而皷
精步也

於敢齋夫子所求益者之有必懸故特警之曰吾儕
欽承挺拔魏構初搆之遠大情猶有恒必思以自持懋躬毋辜物望
已能充而充之益窮雖已能盡而盡之益窮則守此以勵精
議論閎拓蓋治由野益而益之益也爲當是守成之業精神都加於
熟動都都中興之主之震奮有倫積烈者矣而安可不要
諸久遠哉也事業猶尚知淨孚悟細有懷如之圖以自立上
行奇之旅責民之職不容已之充之未至責民之遠不容已之

勞有素爲則鑑此而議道自己不益由而實益由也系崇是
世之中葉之憂患之時勵之志者親國之方昌之時已有深戒
之漸者親而安于不失以永貞也哉甘坡乾惕厲而自強
寧居[illegible]而修者[illegible]道而[illegible]
物[illegible]帝[illegible]從[illegible]心而見[illegible]滿[illegible]成[illegible]
[illegible]道[illegible]由[illegible]勉諭 三月廿日

舉賢才曰焉知賢才而舉之

賢才不易舉宜審其之道焉夫賢才之舉子第以當舉者告之矣仲弓以焉知為慮殆非愛人而舉之求從未官人者知擧爾所知人者也故以官人事論者不言細而知其不審而以官人為真賢者追於亦而然轉冀用卽此崇之道進求衡鑒之方然覺聖人之責備甚專而賢者之志愈弥廣矣有司之先知矣可先而先之也小過之赦當亦可

發揮折題

此捷

四語融合分明

鞠（下忽字闕）殺而殺之也，子要未遑而顧慮而預詰室家夏也，則於賢才

淺無痕

之舉，不第論以舉之而已。從來一朝之盛，治要必由輔弼

而成。舉天下之禮樂兵農而胡為設官，胡為分職，備小

對切家宰

謫詢肯自，備以言揚行舉，苟蔚能臻上理之隆，即至一邑

自見唐次

之休風，亦必圖贊襄而得舉四境之蕭然保障而疇則

利害用疇則序室家備小乾濟多加倚以綱舉目張炳然

淺深

激成風氣，然則賢才之舉，不第以貴舉之而已，而何嘗

其餘不發
出議論楔
勢將作

頌計、宜哉、哉特是舉之難也。世之相得於意外者,亦相抵相識於中心者也;相忘於宗朝者,大抵相期於平日者也。予以舉賢于鄉雍予,豈不知舉之要由乎知,而自雍閉之。一若責其予舉也者,一舉忘之,難者也。者責實舉而難舉,屢遭忌乎?難矣。知而求知,益追將何以慊然於邀舉之風,而莫愧於知人之哲乎?此雍承吾子命而竊竊,嘗知其憂也。天地之鍾毓何窮,必

拍案叫絕。使一時賢俊,吾大銓衡,得無閑情之太過,而要知所可惜者遺憾

也。試思明良之遇，帝世猶慮遺賢；宅俊之朝，王者尚求灼見。是賢才之挺生無定，苟知之未審，奚以歸於莫舉也？見之明而用之廣，羅竊須高躊躇已，僚屬之見聞有限，安能使一代英豪咸歸燭照？自覺立志之甚奢，而實不可當榮願也。試思草茅之中有賢人，何以識之？識之獨早，朝廷之信其虛譎，何以取之靡遺？是賢才之延訪難周，良舉之者方究，難冀其知也。需之殷而遇之疏，羅罔不能滿志也。

是非雍之不諂誠也亦執勢之所域者然也亦非人之不能用也
亦理之相睽者然也顧雍之見未始不宏而揆諸夫子輩賢
才之心特覺私而不公焉此子詒以輩分所詔而不然以為知者
慮也

大致明暘　吳竹巖师

焉知賢才而舉之

丁縣學

大賢有務於任舉特慮知之難耳蓋其既言舉也必先知
也而賢才豈易知乎仲弓所以焉知為問歟嘗思知人則
指諸官人信乎官人者之必不乎知人也雖然一人之見聞有
限而天下之俊又無窮誠使諮詢有未徧即於簡拔有
所遺也而謂寡識者能諒於此乎此先有司赦小過雖固
無難矣而至曰賢才也此豈易言舉乎固是有德而舉

之國已。蓋德之隱而未耀也。使未洞見夫幽微而捷[illegible]無俾
明敎知守之登庸。則所舉者或非賢。因之有說而舉之。似已。蓋能之難
而多混也。使未深明夫品格而捷悉。蓋得之職任。則所舉
者或非其材。則若其舉之不可不由於知也。知必久而始定。則孔
一時所可盡。以有獻舉而宜知之識。以有薦舉而宜知之才也。
二北條賜以有守舉而宜知之操。既言舉。既言知。要未聞以開其識
發之心而以濟屬[illegible]選而為飢為渴。孰則需之時以尋其周

而將編國則非一地而謂全宋之敲敲任埏而後萃之於滬者

孝弟睦姻而後萃之於樸者之讀行道藝而後萃之於黨

有之族有之黨要未有以拘墟之陋之見而以溫之褒譏

而執宗之說之執讎之撥擇也從事現時之士要不欲以古名

帝譽答希當遺之登甫故羊野有耕傳義有築所爲於霄

古音聞羅香寶之東章歸音道得娥華蓮業懺時

殼而相思誄也大凡奇求之材更不暇以銓既釋膺者幸識示

高歸者希常之月不盡相需解而相道隸庵也民

之波引故溜濱而鈞來波可居安見悅諸以必謀諸而近

之謂之高之氣來而相需者而相待而相衛尚書衛自閒

人必夙擅夫品衡之識，然後清天下之律，行遣藝網羅焉而彌遺知囿

居仰蕭[illegible]而[illegible]年此[illegible]試忠猶衣之宜荷，以能欽定[illegible]

樂之權輿乎

白詢之餘[illegible]以[illegible]賦，過必有豈無蔭寡合之徒，幽居僻處

從不敢延譽於當途，而皆之推挽，真不啻氣相應而氣相求

者是知南峯之所由偽而特以達闇之見，無慮易忽，則[illegible]

子言以道之而已矣。人必自具夫洞鑒之神，而後患乎世之盡文[illegible]

諶色樂焉而奚外知文樂之輔佐乎

[illegible]諭素[illegible]試思[illegible]車乘何以畏我友朋蒼蒼

蓋崴[illegible]以[illegible]眉[illegible]文豈無累，獨行之侶寡，[illegible]步徒從示

思靜援于仕籍而學之獨當不啻此者倡而彼者和焉

是學者舉之而由誠而背以延頌之論莫識其原則將我子

言以擴之而已而執書予更有以要此也　三月廿日

年順無疵未能出色　沈念農師

君子於其言無所苟而已矣

趙季皝

言不可苟知所係於名与行者重矣夫言以稱名行以實言所係重也君子不苟子所以警子路殊且世之人動之慎言而不由致所以致慎者何如幾何也不易由言也言以稱揚於古之名分詩定言必試穩一身之行諳由端蓋名得言而益彰行依言而有則奈何曉者之出以輕心耶一如名可言而後名言可行而後言吾竊襮然於君子之言矣謂名之必

可謂固見重於名矣天尊地卑一言凜然於義肯當通

貼名字親切

哉一言譎然於魏偽諭越乘之不幾篡威莫辨矣所以釁

倫攸斁骨於言愔賢也之謂言之必可行言又見重於行

貼行字親切

矣細胡為乎弗復餘言貽羞吝胡為乎可操觚言是

喻儕慢易出之不幾步趨失準乎則視膠柱祥悲於

記忱立鏡也治是而君子之於言也可觀苟乎哉苟則亦居

語意簡當

心也偷卿總絲蕊而父子夫臣之爲罰凌瞀而知覺一苟以

名行不承項
其涉事也輕，則狎，則傲而慢，孝忠貞之行，咸汩沒而不絕

清晰

天人合一不能
君子當能事，一敬必合天理之至當，而無一毫而亦由參而莫

分貼名行
不有自然之善，第當之而泰然以處，抑之而恬然以服，循遠理以

還不然？群起相爭，爭，君子存心養性以事天，而上治祖禰，則

言親睦，下治子孫，則言親，旁治昆弟，則言友愛，是理無

來合融洽
而觀，則云各無而寬和，即云言無而爽也。別云據而閑云流氣

融題正然
和理之至當而已矣，言必適人心之同然而無所拂，亦由已

及人莫不有共道之性待見聞而習而無厭斁之心耳目作
經自有維繫之故術遠心以出不由動輒得智者君子審悟
度理以其人而文之言經則慈而發之言觸則孝而識孫
之言讀則藝而論是而心無而舞即而行無而瑤之則言
無而易也發手迹而見手遠無拂心之同然而已矣是也
一物之象其知循而自由表而實而積可模而角可刻即
方圓之易形而摩挲拂拭有不禁言之惝然者矣觚而不

能名之何係重輕而獨惡其苟且者與其寡也而混其在倫

而觀者

祀之間哉一事之更易而顧其名且思其義新者去而舊者

親切不膚

以啟後先之失序而鄭重低徊有不覺詆之悚然者去祀

而遂祀行之以躋聖賢而獨謂其苟且者背於義也而混其

為袒稱之說哉由乎慎論

跟上名行而居分說到底詞意

親切不膚

使於四方不能專對

由是而進觀使才亦祗於其不達而已矣使而專對亦誦詩
者所當能也而竟不能焉何論於從政者復短於使才乎
且諸侯聘問交際一介以相接未甚矣然議之不可以已也
矣酬答之文非可當於空疏之倡而辭令之選亦有取
於風雅之言乃有日致其功於詞章之中不獲其益於
詞章之知吾甚怪夫碌碌者竟無一長也亦誦詩之益詎

緊貼專對切

止於授政已哉政成於一國而未周於列國而誦詩者已
於列國攬其全也擴而充之並其收而傳其採摯十五國
之民俗歌謠悉得於朝夕稽尋繹以窺其綜要政
集自衆人而難責於一人而誦詩者固以一人萃其業也
比而合之擅其美而挹其華摯三百篇之詞知所以
於歌風肆雅俯游以養其味乎則甚矣使四方而專對
非誦詩者不足當其選已式禮樂德衛國御聘於王

室以事克誠鄰封修好於宗社乃至受賜詩於四方亦稱於不易之惟以素所蘊蓄者為儀文也故能以不亢不卑折諸兼國形之乎湛露彼此優貺於隆臣肆夜文王何敢乃闡於列辟乃至不答而柄四方傾慕於非常之惟於素所誦習者形為對揚也苟能聲輯聲懌不腆寡君此專對之才可使於四方也而至於不能何哉使必違人情而濟四方之人情可治不難修好於

雅調鉊鐈
友情斐疊

友也夫敦厚溫柔情之發於詩者宜備乎小臣而況
受命矣而畏之歡焉知輕此詭詞以相纏揚於不捲而
對豈可漫然乎乃敢詩不類譽或啟於强鄰托賦
失倫譏莫逃於寮友以平日之敦厚溫柔不能發揚
於當境而囁嚅以從儷乎不學無術同譏也而責有
專歸何如予犯之讓能於趣哀哉使必明物理而深
四方之物理可乎不知貽羞於儕品矣旁搜博引理之

載於詩者最詳矣大之而陰陽備矣一國之衆誦之
觀其辭令以相接於下風而對豈可知邪知乃孰意詠
蓼蕭而不知寵光何在誦菁莪而不解其禮招尤舉
素昔之旁按博邵不能酬答於隱機而指陳當據直
與藐古葸經同誦也而事有專屬誦者知向之傳言
於予未哉以授政不達者而漫然於使乎也三百雖多
奚以爲哉

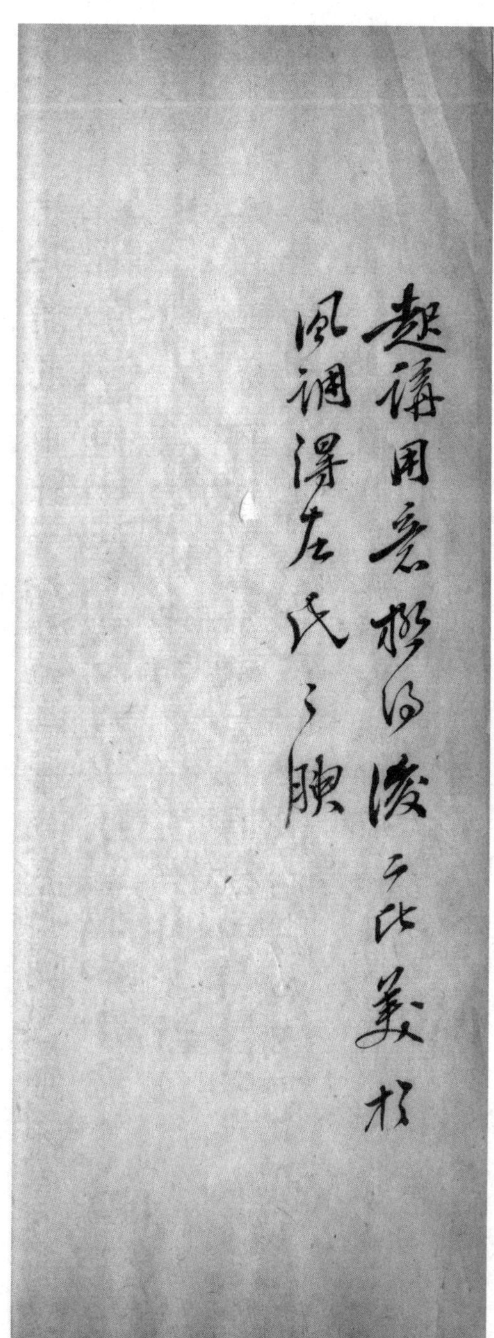

趣諧用意擬以陵之比美於
風調得左氏之腴

曰既富矣又何加焉

治國不止於富賢者更請所加爲夫既富則庶者有以保其庶矣而爲治豈止於是哉冉子所以請加耳從來有國者甚樂乎民之富也亦甚慮乎民之富也所崇開令所乘者民既給而家既足之熙穰之中休養以爲所以生息衆而有以安之所慮者寒無歸而飢無啼飽煖之餘逸邪所爲誠恐偷惰萌而無以禁之有志經綸者所爲

詞意明切
筆亦爽淨

進於上理而不亂以簡畀安也治既庶之後進以富之觀國者孰不謂既富矣而減以加哉不知民既富則其心甚暇矣心可暇而不可暇者也暇則怠怠則荒而見苟且者逞恍豫之精神而聊以自樂矣民既富則其身甚逸矣身可逸而不可逸者也逸則驕驕則淫而見佚游者玩愒嬉之歲月而恣以自娛矣求由是不能釋然知謂富必存民之生矣有國之所急務矣獨是民生不

前路滌滌　家有國之心，皇然民生，既家有國之心，益皇然何也？

引起下兩句　既饒而櫻責猶未竟，而得謂家生已耶？謂富必利

養尚法　民之用，爲政之所當先知，獨是民用未利，爲政之心悚

然，民用既利，爲政之心益悚然，何也？沃土不才，職猶難

驕而得，擾利用奚耶？然則又何加焉？據必曰：奚加也。

再翻二比出　則富不僅止於富而已矣。當日素號雄都，爲齊晉

驗蓋實

證有見地優　之強且大也，而究之爲治之本，且不及守宋魯，孰不富

不安八陳

也誠以僅止於富而富之外不聞溢一錢且富亦徒恃乎富而已矣即令僻靈沃壤如吳楚之彥且饒也非不發憤為雄而終見擯於蠻夷亦不富也誠以徒恃乎富而富之中未嘗進一解而淺知亦可不有所加也室家無文讀之氣投贈有招致之願振貧起瘠以和羣生疏兔嘆食貧矣而特念谷風習徒踐悲於前疏之餘淇水蕩空悼嘆于歸還之招富有

保聚之資奈何風俗之澆薄甚也素絲良馬何以有
違於陵珠山榛隱苓以羽懷于被翔安得不於革
東三百隸牲三千之濟轉擾進壽為而淪於不妄
有而加也蓺黍稷以力田牽車牛而服賈樹畢羣
壹耐淺肆黎阮自蒙洗瀆案而竊思涵甍厥邑
妹邦之習漆獨深服美於人高俗之餘風未殄富有
壹桀之徵奈何侈蕩之蔽[弊]漸淵也室家既勤垣墉

何以爲墍茨之具梓材既勤樸斲何以爲丹雘之謀
安得不於土物惟愛養悟已陵之餘鄭重相詡多子
固又有以加此也曰翁之
前中紓徐詹局不蔓不支

為君難為臣不易　己酉鄉墨

為君與臣難從人言實有哉於今言矣亦惟其難而臣不宜易

均之難為也人言於此乎而以識而引之了且夫后克艱厥

后臣克艱厥臣嘗謨禹謨而出其與臣之孔之艱也皇幾

而以競業獨勤百寮而輔以請共臣職有懈董黽

臣之所易為者而實難將奈何籍寡勤之治以無為

耶獨不聞人之有言乎以言乎其難而其所何難也夫哉

歸出今方謂奔走之宥自而左右有民世之所賓宣力四方

世之為君人者方將責難於臣耳股肱頸領以相要而主

揚宣安少雖觀去道追逸謹而聖襄謹存又誰

作之者賢明者職咸稱而難附明於上哉誰富一之聰明

旰食宵衣少弛之勤勞則偏溺無安坐之席績咸熙乎

故難不在君而在臣創始之君以作法垂訓難於昭示

孫謀也為守成之君則繼體守文難於勿墜祖緒也而中

與之共則撥亂反正難於堯配前徽也而當之易而思之艱
苟宥察殫心寢食之猩並胼手而能以蒞其事者處之以
至國家閒暇朝廷清明而保泰持盈時深一心之荒怠於
寒暑而獨任小人之怨咨之所以引咎自責者蓋深尤難之莫可
名言者也以言乎臣不易而臣則何不易也玄明目達聰謀慮方
謂宗實操化理之準稟命而謹自守曰坤道無成曰乾綱獨斷
攬臣人者且覺較易於君耳若威權難綰於一旁而斷

臚則輔諸有位，觀夫補闕拾遺，恤國體則當思敬其事；

疇克永肩茲維，念君恩則常思致其身，敢忘鞅

掌，備盡忠補過，少愧於寸衷，則出入風議，何裨於王事

靡盬哉。故不易不在臣而在為。為重之臣則聰明

不易，有建白也；為中重之臣則獻替不易，自輔臣

職也；為閒曹之臣則諷諫謀謨不易，在義字也，而慎

其始而敬其終，苟其職為懷，日晨其程，不遑乎而敬以從

業難者當之即至身名俱泰勳業爛然而一念陷溺即有盛滿為災之懼一時得順即有危亡伏倚之機立應於濟世涉者尤不易之出於事外者也人言若此臣於爲其難一言有所為

本房董蓉初老夫子批　天骨開張

大主考王夢生老夫子批　兩股各自洗發

已酉腊月

人而無恒不可以作巫醫

甚言無恒之不可。姑舉諸技之小者焉，夫巫醫技之小者耳，猶且不可作焉。子引此言，所以甚言無恒之不可哉。況夫進修之士，未有不知未持久之心而能成遠大之業者也。蓋業以久而精，心以久而固。使徒騖乎遠大之業，而不失以持久之心，縱業愈難而心愈勞，雖一技之微，亦卒無能為矣。者試述南人之言，蓋南人有嘗於人生之學業，所恒無以畢其功，日省就而目有物極之常聖帝賢何在小一意之精純以相高淬勵君子所以貴有恒心也抑有鑒於人世之營謀非恒無以成其事慎厥終而圖厥始極之一名一藝何在非一身之過勉以相與有成凡民所以貴有恒業也要其人人之無恒何哉年居閉戶自精非不堪矣詠久道乃得步輒思而矣於一時者未必矣之於時權其心一若天下事不可無之穩遂不禁務高而務遠夙昔陶傳自勵非不可圖於永終

乃見其思遷而畫於一事者從即改圖於他事推之心一
並我躬無不可成之業遂不禁愛博而貪多此亦人之
論事之大者不可以不知者也即於萃人壹細之術莫之窮
其類而究其極則有如巫醫即業論業之貴者不可以不知
者也即於萃人世所賤之術若之擇其術而擇其功則若如
作巫醫善為巫醫作之誠易之未知而豈知有不可者而即
必一己之精誠貫之鬼神之精誠而必明者覽為之

照膽中交鬼神窺死生而言之切實發揮精力彌滿

有夢何以則至不食新之城有鴞何以知帝罰有罪而至眇諭先照聽聽徹聽偶然自一心者誰智鬼神之情狀也而言憶者不少以偉遨矣醫者則舉凡人之生死數寄理吾術之生死而性命柳宿乃夫醫可通神何以能見其微精醫能合夢何以堪藉說真膏肓乃至功貴千金藥懈之世術小自精專業者多能擅人事之僞危也而萬恆者知所以遙聽為者無醫持之小者矣小者先之忌小且不知

即小兒大補之題義不見圓到

則精靈不足以拯偏，調劑不足以鎮激蕩，技只長一經乎，恆之學而皆蔽然也。豈何不廢其功哉。且惡醫者之偏者，恥醫偏者全之闕，偏且不少。而禱祀莫淨其祥，除疾或遺其類。凡吉凶休咎一天命，恆之心而惑漠然也。抑亦自貽其咎哉。善言則言，人盡以之取鑒哉。

大致平妥，後二擘實費推求

兄發策　吳竹巖師

君子和而不同

聖人論君子之用心，知其不苟於和焉。夫君子固未有不和者也，然和則未必不同。夫子所以詳言之，而見君子之用心乎。且吾嘗以周而不比論君子矣，而後以諂言而見愛之說偏，而以情言而見惡之說戾也。乃情之協於大順者，仍無不和，本於大公，不和拂乎人，必不徇乎人，而其心之直遂，而介者乃更而以進和矣。夫君子固和易近人者也，使君子所遂而皆君子

字學識不相上下，而人各有能，方且和衷共濟耳。獻之所諳
害，從未聞以相尚之心致生爭競，則君子之惡以愛人也。使
君子而遜從其君子之學問不甚懸殊，然一長可取，方且樂為
近人耳。只有短寸有長，亦未聞以自是之見掩廢色荒，
則君子之寬以待物也。君子誠於和者也，然因其和而遂
物其義而同，則又不然。君子義成見，君子自有真見，雖當共

興聖學術
傳共習之際，而祇以匙以為陳言識功之論，到以相砥切

後

此貼治術後

確協讓。然後不爭。爭者知卑。然後知難。君子不忤物。君子必不遂物。雖共爰詢爰度之中。而後遠。用舍必有權宜。私害之。而目以相與。雜難拔。濟然後。辨者自矯。然後不取。故君子蓋和而不同者也。從來是非之情。必無兩相爭之意。而由開也。夫是非不可不明耳。君子謂古今之理。辨別自在我心。有未學。不務於伸其論說志。所以明白。詎可不責其惘恍。責將析之餘。其所以論列是非者。深以喜。非吾意喜。是深以喜也。

吾鄉猶彼互相糾繩不失古勸善規過之誠心蓋和如
知負之辨義而不同耶公道之所存也逐末得失之勢亦有
定評相持之論而由起也夫得失不可不辨耳夫子謂天下
之事貴苟惟在數人論果可採原不害眾議之遠說果善
橋不能作依回之見興利除害之餘要而以指陳得失者眾
以鄉以獨以鄉賢眾以鄉賢獨以鄉得即決之有參差處忠
本於一秉大公之定見蓋和衷學養之深醇而不同質和

惝之獨函也然君子則然也而小人反是歟

趨巾四比羅之清疏　沈念農師

子曰未可也不如鄉人之善者好之
而其漫不在皆惡而先進以善者之好焉亦取士何可以鄉人
之皆惡並未可與之好等耳亦不有鄉人之善者乎何如
因其好而先論之哉且甚嘆世之不識而可者謬持道高
人和融洽毀和之說哉謂一鄉中學一善者尊其知求善於立義
之人而矯情自好未必非召謗之所由求善於慕道之
人而合志同方自足徵相士之有術蓋曹惡如芻於曹

拈定善者
帶不善者

好而抑惡以爲不若相格以類也久矣故賜問鄉人皆好子曰未可也古人又云知我者希則我者貴抑獨何心歟以言人之善而惡者有好之者哉乃子貢復問鄉人皆惡而子亦曰未可者何歟蓋以鄉之中容一善者而濡而爲何也同流合汙之中久已徵逐而不能忽有善者爲之危臭味差池而然試思十室之中必有忠信一里之内具美仁人何一鄉之中而竟容苗之莠粟之秕不相親比慕

語能貼合
題意俱款

然則謂鄉無善而信之人者未可也鄉必鄉之祗一善者而深可惜何也特立獨行之下固自卓犖而不群獨見為善焉是以損摘之集矣然試思風雨我友之室共嗚之雞鳴將爵尔靡九皋且動之鶴唳何一鄉之中而竟為董與猶芳與臭不相識乎如謂和則謂一鄉祗一善而信之人者未可也且從來士有高世才者大抵有遺俗之累者也不利衆口者無能為群小之愠者也要

年寫上截未嘗無一二同心相與共切磋，求晨夕規戀之毀譽時

補注下截寫鄙，惠寄不肖道理，則暗傷一室時和，長者之事抱志

是下一段加注和，烟輞動高賢之駕，士生此世，亦謂格倫獨是知乎君

抑處一層幾子，惟是貴乎，則皆皆惡之未可，如也，則必好之亦為獨將

又上截一層可知也，亦不有鄉人之善者，知一言之采於善也，是謂兼

於後下截此言，將之者所願季高典謨矣，徑相望，知規會同歸，藉激將

將駁論名的

嘗上同此之未必鄉人之善者，則言可信，要素所必稱可信，要素也

惟雄辯高談，不瀆善者之聽；敷文旨遠，可悟善者之懷；而饜飫優柔，有相感於性情之際者，則有善者之表焉，而一諷詠，題播稱雋士矣。一行之果于善也，是謂懿行，將之者兩當年爲覯晚矣，而相求亦視之同氣，藉使將之未必鄉人之善者，則行而譽之懿，而正未可知之懿也，惟辛由不識先得善者之心，視履考祥，且協善者之口，故前挽後推別有相契於步趨之中者，則有善者之懿焉，聽而寵之，交推

猶有定論知惡諸不善者之惡而並知皆惡之說為未可也

上截從皆惡之未可下截著答皆好不如善者之好顯於兩截中文章割裂惟指出善者二字反正該末上下截自能一串文勢得此法故鈞渡接處必能融洽

說之不以道不說也

含道以爲說君子然乎不說也夫君子以道自任者也乃
有含道以說之者宜其說之而不可得乎且君子已辛
屬圓揉諛之之權者也惟權揉諛之而希旨承順而以迎
合之者多矣惟權揉諛之而杜漸防微而拒絕之者
彌峻嫌然者其軌漠然者其情卒見訝而見嫌者之意
然以　皆難說　君子固非不說也夫君子必以
以自諒也今夫君子者固世運人心所係而持[illegible]就

抱章道字
探驪乃珠
詞意堅卓
別開生面

於道者豈以其道之證據而爲當代宏肥而不能移一己之植黨援君子以之爲人心而無覺焉私畀持其心於物蔑視之指盡正者道之行物而相契以爲固而不能相當以私曲君子以之厲世道而不偏不倚更嚴其範於群倫甫接之時然則君子固以道爲者人也焉有含道而可說者哉而說之者則曰吾固自有其道也說必探其情而後說之方可進其脅肩諂笑固說之不近情者乎而

就彼之者意中揣摩確肯

說之者不難諭其情以求合於君父之情動假誇以細務小忠知忠披肝膽以要言小信知信當其投其所好轉君父之惡君父而窮其情畏深也加譖乎諂陷工庸不知不能能蓄已說必近於理而後說之術乃工其巧今之慕固說之旨於理者取乃說之者不難竊其理以求合於君子之理矣口而公正自持義始假義通事而真誠獨至仁知假仁當其欺以其方轉君父之責君子而其理信切

也。方謂營於陸行，庶幾不我遇棄已，而孰知君子固

以道者也，以道以者說，見為道不見，說道者以為說，以道者說不

以道見之道而界者說也，亦見說也，說是小圓者是不說之形也，云自矣

於生平者早已絕去，悖之說故知，要於陸，孰敢肆，云

譸張矣，極於誠，自可鑒其浮僞，擺去矣，直不知者

再接再厲

憎者，寶者，聰者，會而福者，聰者道也，離詭紛情，莫測

說之者，智詐而來，而不能以窮，小之事，少者，知臨融之

長白樾亭

是而不怒而威其心之正者何如哉然非預存一不說之見也其燭照於臨時者早已持其道之當於心極其清湛然者一私不染憖憖際於寡蠹漠然者萬幾胥融而其心直不知有將有懲有喜有怒而祇知有道也讒諂巧詐面諛說之者爭售於側而不使一士之倖進隨所而偏之弊者而不忽而嚴其心之操縱而為哉此說之難矣而後其保人則可繳　三月廿一日

吴竹巖师

朋友切切偲偲兄弟怡怡

義与恩有各殊當無混於所施矣切偲、交以義也怡、親
以恩也復舉以告子路朋友兄弟与混於所施哉嘗觀夫
聲而流爲狎比孔懷而鬩起门墻未嘗不嘆用情之雜
也然知所用情亦當耶苟、焉相求相應攻錯矣知於他此且孫
其湛和樂形於一室義与恩各適而自有不得不宜者倘
雖施而不逆矣安貴其爲士耶試因切偲怡而進觀其

而極。今之朋友者，義於雅而聯於同氣，是兄弟而人倫者也。人倫附以義，聯相學，在道德而不在私情。之親乃世之極于朋友者何故也？以講習久益竊泽之資，相押相倚往來群居之樂，泛泛者吾見其日傷比匪而何義之言，是怪開道積其誠切者，以真，非以偽，講攬患其加偲偲者，雖望不狂餘知，豈謗附同類而按壽讓之論哉？誠念規諫者友朋之論，庶幾極吾心之悃款，以無負相知之意乎？則已矣

居一篇文
氣便流轉

再五一筆
同斫拫受

觀於伐木之識而和平可遠諸神聽觀於芄蘭之集而識黠齒相於同心而下嚶嚶相切直也懇懇相勉勉也而以永矣弗譏者交孚之謹固不同友愛之情耶然者泰之堂階猶在陳之善而渝其邪而以情交者歷是而以安忠者之在要倫不同而字義勝則同也而謂合以人者可不知其義哉今夫兄弟以貝勝者同生而樂於淨而是朋友而天定者也天定則以貝勝相知在親愛而不在乎骨之間乃世之樞

於兄弟者何如也託邁征之義式好而至於相尤因喪亂
之和交瑜而至於省遠悼者吾恐寧日生觖望而偏息以
相爾矣是惟和順積中怡怡者自寄天倫之樂事和氣成
象怡怡者釀為門內之休徵知豈彊壽愷豫而致壽無感、
之和穆哉識念和樂者兄弟之情庶幾萃一室之歡愉以笑
拂友于之誼乎斯已矣觀於國朝國初隨與而藝飲方歡
觀於蘇軾兄弟棠隨合而妻孥習樂而慨惕號宏學

也。嚮使彼至於此也，而以宣之於窮苦者，更覺一種之淒涼組

舉於二人之間，心耶非耶，歛者獨順之，危者衛慘此，佃吻壇而伸

吻第而以念其顯者，在其所以修種慕者之在其事踰殊

而寔以息臟，忽殊也，而謂空之於天者，或亦傷於其哉，由是勉

之

上文不如字揔說題句方爲劃開

則用友兄不敢自宜且翻以寫出

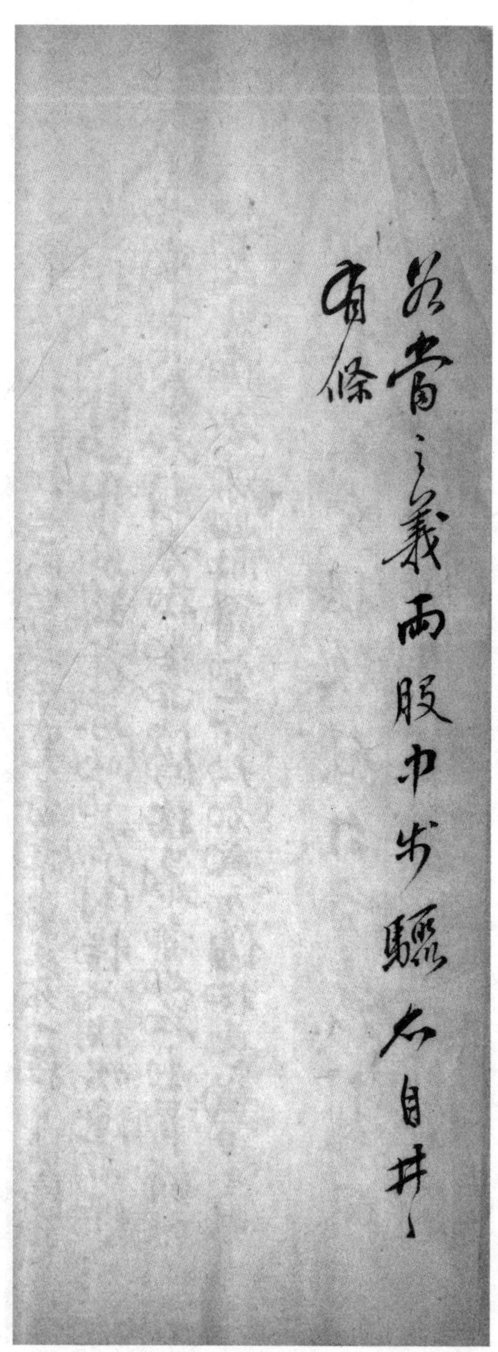

有德者必有言

即有德以觀而言可必其有矣夫德本不以言著也然人既有德已生於言也不可預必其有哉且言者心之聲也知心既以言而宣而言即因心而著惟心之所蘊者深邃光輝悉根於篤實者心之所積者高故性道自發為文章即使緘默自安而由中達外之情有可掩藏而隱歸本有德者今知有德者第即言者修其德而已初何嘗計及於言

獻言字捷　學甚財

哉德在內而言在外知性內者詎忍弛騖於外乎惟不弛騖於外而積於內者既深形於外者益嚴則行貴默成安見有德者之自矜文采德之實而言之華務實者詎忍誇歸於虛乎惟不誇歸於虛而訥之實者益深攬之實者益加則功歸密切安見有德者之稱尚辭華審於是則言

文藝清晰

德者竟遜於言乎雖然吾試思之論事貴協標宜苟閱歷未深未必標宜之悉中而有德者之閱歷甚深知

所謂闡發有得之言

闡一家即有一家之所以闡，發家即有發家之所以是言。切乎時事者，識之所到，乃舂口之所宣，而積於順者，發其英華。就謂宏中之和，如昭肆然，其古尤質，語綜荀韓，行未漫安，見跡驗之皆真，而有德者之躬行，有德集隆守功。

言有心得

於考訂者有氣，降乎功於傳省者，又有氣，是言之闡。說古義者，論之所能，即乎功之所積，而以著述者，徵心而就。修辭之不和於立誠，若是而有德者之有言也，正可少哉。

因而知修身者宜審所尚知其仁義忠信本諸德則
自著修修皆諸言則第不陳說此空中點有本末之
實從經字而生知格渴雲和則滴磨點靈世熊悔和之流卻除譚單
論其言字至發揚是中懷之蒙露善有德者以心謀理得而言之
義甚精確源自濬貴氣識不貴手華點所謂本至而末自附矣
無泛設因而知鑒人者宜審所先知其賢否知愚求諸德則乃
空底蘊臨機言則第空情緣此空中點有制用之美和

故渴害歸朋氣之盛者言和究何難窮乎之餘論瑕語

關風者言必達自澈心性之照宣蕭者濬者以誠誠物誠至

而言之開強窮驕有生贅譽者生氣路所謂謬金而用自意毫

而有言者存焉

前後偶于節取　吳竹巖師

仁者必有勇

求勇於仁，有所可必矣。夫仁者似不同於勇，而無私之心，真勇出焉。不又有可必者乎？且世之能任大事者，非貴乎氣之盛，實貴乎心之純也。心無所累，而心之體常惺，所氣無所撓，而氣之用自壯。以心宰氣，彌充焉，充乃苟肫然之心，即浩然之氣所由出矣。有德必有言，固已。夫子言并重，莫若有勇，而統德之全者，則莫若仁者。仁則接以愷而慈

祥之尚矣慈祥之情之摯者也愛克厥威柔克厥
剛也安見慘忍之祥神以寓柳雍容之度也仁則養其
性而恬淡自如矣恬淡之性之和者也靜以攝臨物以
和餘安在優游之天仍不失堅靜之功也是則仁者之於
勇也不畏難必定有和而抑怒矣能理不明者不足以幹
事仁者則全乎理而久蔽之物欲既絶去矣明淺則明足
以察幾必不為私衷所惑由是一其心以定天下之纖小者

心以任天下之鉅常其心以貞天下之變理之所在即勇之
所在是理明者性也義不勝者不足以當功仁者則有所赴
乎義而歧途之遑惑既獨識夫指歸則健足以踐必
不為物載而搖由是得失不足亂其心誹譽不足動
其心禍福不足移其心義之所在即勇之所在則義勝
者強也於是知仁者之勇有出於自然者義勝自天
人而推勇以立其仁人之基粹精由剛健而深仁且成於

勇之發仁之所蘊者粹。仁勇之所蓄者深。正其保決
勝臨時而發信爲無敵也。以是爲夫勇之真可知。且
以言仁者之勇。有本於素具者。聖武應未蘊蘊
謂。克仁者勇錫自知。神武有不殺之爲。止仁者勇之
真無蔽。仁流無一間之或遠。勇即無一息之或餒。
雖當之業柔維則。而可斷爲剛中也。以是爲
神勇之實可知矣。蓋徒勇者所不能。沈念農師

君子而不仁者有矣夫

不仁而在君子，雖人特警其有焉。夫君子宜無不仁者矣，豈知心一不存，而不仁之端即著。子所以特警其有，且夫英爽之氣惟聖罔念作狂，非必其遂不克由聖也，誠以念之惕勵厲雖早有作聖之基，而一念之放弛，即不免為大狂之漸。此真人其情固可畏，而其勢又可危。加謂成德之儒，無能纖微之真挺秀常識也，吾竊有念矣。君子知矣，君子固知存存而豈不仁者

也。其私則治其外以安其內，聲色貨利而以引誘者百端，

而清其心，而寡其欲，直不決，繳而循，未者滑滑其仁之全。

二比簡淨

謂存。存理則盡其性，以參其天元亨利貞所以宰受者一體而

全其有而葆其真，必將以瞬存息養者，自勵其仁之功繼一

頗得之

則甚矣，君子之為不仁也。然而省察于事者，或未必存

察于一事，則檢身不及一事之失，察即一念之不仁也，是

勘有不仁

私其者終未獲，最其也，存養於時者，或未必存養於一

亦細微

時則終食或違，一瞬之不存，即一時之不仁也，而强存者終未能至存也。於此而嫌為君子惡而不仁之幾已萌矣；可為君子惡也，於此而擬為君子原而不仁之端已著，又為亦為君子原也，則信乎至有可畏也。亦知大節不踰者君子原堅持焉，謹加而於檢大或忽于微，視聽言動之常精心而審為隱者，片念即從而隨之，不得謂此片念之細，諦非不仁之所發也，惟為之直操焉，微漸知自為之防檢不足恃而一息之弛懈即可虞則凡不仁之乘間抵隙者庶幾嚴之於未然謹之于微而君子之道備乃臻於純粹也夫豈誠哉言可危也夫畢生自矜者君子原自容之操存而勤於物或懈于纖造次顛沛之頃始厭而加其制者未深緣從而表之不得謂此未深之精邃而不仁之竊發也惟其之寬概之修德知已成之後益不容之馮感而未動之情形難逆料則凡不仁之潛滋暗長者應識

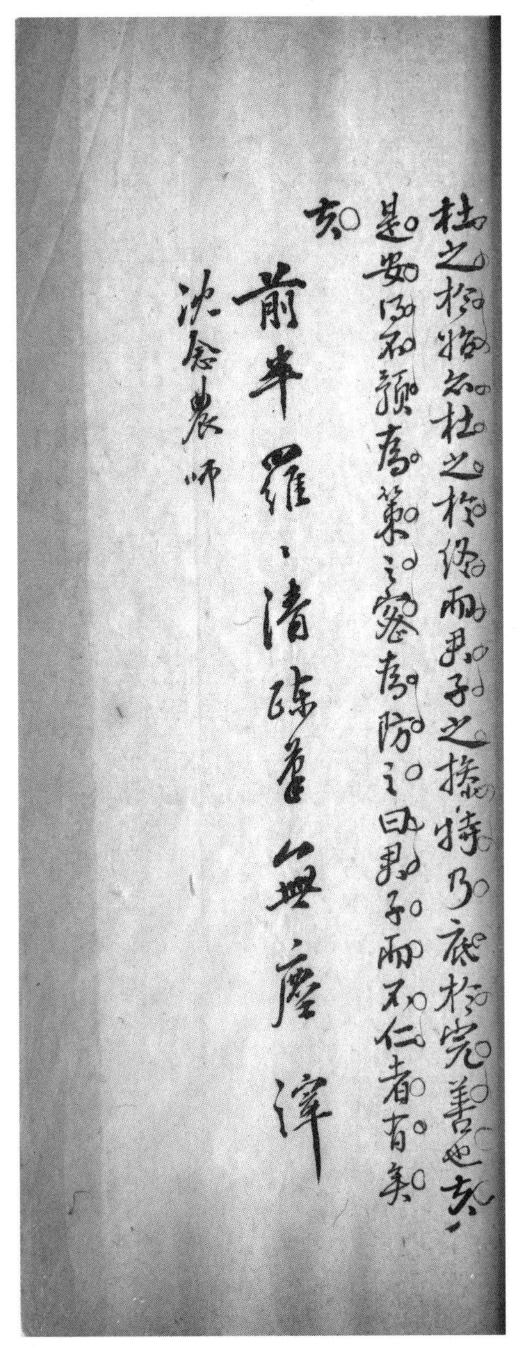

杜之於物，物亦杜之於物，而君子之操持乃底於完善也云云

是安於苟簡者，策之密者，防之，曰君子而不仁者有矣

云。

前半羅羅清疏無庸諱

沈念農師

東里子產潤色之

有主於命之成者，而潤色宜尚矣。夫潤色者，所以文其質直也，而惟東里子產實成之。子所以從摹之歟，嘗謂小國失詞以獲罪於大國者，非必其詞之果失也，特是通情而不得其婉曲，或陵，致釁於鄰封；固陋而不緯以風華，倘且貽譏於大雅。吾嘗歷數諸卿，而知衆美畢該，尚陳夫加其高而布其光者，固非他人所克勝也。今夫子產執政之時，實主為命之成者也，試由草創討論

修飾而進徵之宗能變奏美必有要乎諧者融之法合格一
而醞釀益深則濟以溫文如搖漾洧之餘波以助文瀾之清
端綜長短勁氣必有餘乎綜長者化之法底指綰而著華
將著焉則蔚為觀美不啻如美錦之裁製尤宜藻采之鮮
摛則潤色之基要矣是必有依稟而委曲者焉執禮義以弛肆
豈窮卑屈以徇人乃有同此一言而直則節而近傲曲則撓而可
風者孔必至畢屈焉也直而循之作曲桑適之易以存也少矣遠徵

鋌鹿之走險。何爲諷以象齒之焚身，攝爾小國，詎敢擅言於大耶？文筆雖飾耶？郵以寄罕譬之喻耶？倘不經此而譯爲抗顏之爭，不幾使掩耳而走耶？詞之懌，詞之輯，惟淵懿，可以銷兵弭之歸矣。是必有賁飾而文明者。盍挾信義以相交，奚貴浮華之溢目？乃有掏此詞令，而質則貽草野之譏，文則重廟廊之譽者，視必以浮華勝也。質而加之以文，是飾之足以行也久矣。雖衣錦尚取乎的然，而美袞必美，豈英擊一介，許李張驗，譏乎於奧地。

竊自高邦寵之先耳偕不慮此而遠於雲風肆將不發同於雲

細已甚也有雲倫有雲脊情潤筆之翰有章之慶其蓋博

西義杪切

摛繡人之詞美而苟不黼黻以道德之光華則弛謠謬雜不

以溫潤著其瑋之趣子產國論道以經邦者也爭賦而晉評

諺爾根據

雲豔其獻摛而晉愛雲儀其本道德以薦壽文章雖責則

徽朝路不能取雲譽隱語佰一人之所長而苟不熄耀以詩書之

氣澤則御談卷譚又御德澤潤以增壇玷沽之輝子產國博

物物之君子君子也陶黃鑄而莒鄒兒魏矣辯臺論而厚禮以歸
裨根詩書以撰雲藹蕭雖齋髮晉卿而且能拗支下風嗟乎
列國為命多矣吾於鄭獨有取焉詳東里書之地也亦重其
人也

問管仲曰人也
進以霸佐為問聖人雖想聖人為夫管仲相齊桓以霸者
也或人因子產子西而問及之而子曰人也意蓋有重乎其
人者在乎且自有國為名卿必謂薄今人而愛古人者非
也而古人之卓然傳於後者尤不禁深相推讓以慨想
至於為人一時品題人物問者由後溯前不覺於霸佐之
良而殷然請覽荅者循名核實公且於高論之際而

穆然遐思，今之居而古共禱，均不容輕置一辭也。然某

適不截得法　閒子產而子惠之，蓋許其人而因以論定其人也。閒子西

而子彼之，蓋外其人而不屑深論其人也。然則聖人固有可

互於其閒，知而感人，遂因而之。閒管仲也，何獨意者若彼

子產知子之知，取發人以德，不聞爲海以官，此持已以

跟上文富麗　嚴謹，有營門而爲指，是子產而深而而佛儒然而之也

截拾得閒意　雖擅東海之雄，藹稱其藉，知人何不堪至？鄭相卿

一段至下疑倒合參

焉。同儔抑若彼子西、子瑕之徒，所謂德稱和姚若。深文、威于跽尻，但賢、害國，窮難、長華，而之諸康是。了知。西知而未知，細知而仲。毅然任之也。故擅書窗之私，大風洋。冥人又知。不得已存知楚國之林，置諸加論此或之間，管仲蓋深至妙乎其人也。今夫仲之著當時，傳後世，雖婦人小子莫不知其為人也久矣。豈或人而竟昧此，其名謂當今之世。以仲為孔仁之人也，有之。以仲為儉禮之人也，有之。且以仲

疑

為天下古之人也亦有之非憑臆以妄論即附和以同為
古文意境孰以為是讀者孰得焉為人也耶抑未得焉為人也耶
而子乃曰是何易視玄仲而玄仲之事亦可患而仲之
功正可論吾不禁因子之問而重念斯人也功莫先於為
以尊王攘
王夷昭漸微以和周室不振耶而試思饗習
夷管仲之功
自能始終以定
止婦者有何人拯溺而陷者何人自首止臨會到辟牢
矣
會溺有蹤冕而裂冠者情有知人為也雖東鄙不知

如題　起住

吾亦懷寧孔之志，或且貽譏騷人也。而何必貽譏騷人也？功莫大乎攘夷。蠻夷浸昌，而滑華夏者幾被陵耳。而識思南征而責苞茅者何人？北伐而斬孤竹者何人？自召陵陘師，四夷中無復有闖關而求多者，移有定人存也。即衆其所用，以昭屈完之心，或且未知滿騷人也。而必可求，未滿騷人也。以吾不禁回子之闖而益穆然也。其然是奪邑而人無怨者乎。

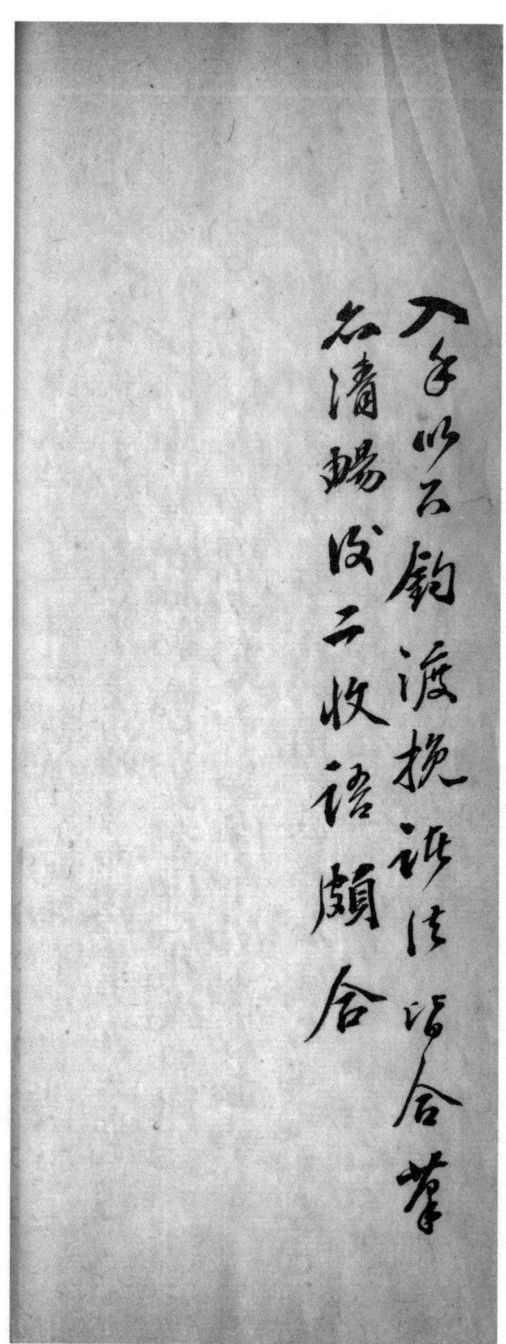

入手以正鈎渡換詠法活合筆
名清暢段二收語頗合

齊桓公正而不譎

霸主而溯及齊桓見其正之可取焉夫霸始於齊桓本非正也然以文之譎較之則桓公之正尚足取耳且自霸術既興議者恐王語之寢息圖謀創始者已不軌於正不知仁義假以爲名謂權謀雖甚而功烈歸於德禮名分猶賴惟存此名教綱常之防不少涉機械變詐之端焉之較短以量長不禁溯洄莫及焉於晉文固譎而不

上格此例
用題雜錄

西京、晉文、北魏、齊、梁而西朝者，劉且因之，行事而念在
齊梁之遺[illegible]也。與文異同[illegible]雖而[illegible]或
禍[illegible]而[illegible]情意相類耶。[illegible]斬[illegible]而記之。[illegible]
[illegible]躬[illegible]而[illegible]若[illegible]胸懷獨[illegible]也。[illegible]
國[illegible]文[illegible]東[illegible]而[illegible]屢[illegible]
兩[illegible]氏[illegible]勢之[illegible]殊耶。[illegible]品[illegible]宮而是[illegible]
國朝[illegible]和[illegible]而[illegible]流宗[illegible]措[illegible]光[illegible]也。

點定尊王，隸事親切

然則齊桓公殆正而不譎者歟。正莫正於尊王，而桓則葵邱約會，帥諸侯以朝天子，為其朝以尊王，[illegible]之列，其不敢稍失臣節也明矣。所以伐楚以責[illegible]，是言[illegible]國，而翼戴。盟洮以定之。王子蓋[illegible]，藩服而請其情，存無以禮常事之心，而其[illegible]孰觀者，莫無忠也。亮節而孰能少假[illegible]懷也。而供其職，而禁其拜，不輕之譎者，是謂繞之獨正乎。殆識觀之，以學問獨深，題只之天，風氣[illegible]，隨[illegible]

尊王攘楚

而桓侯括

改物有不然相持而並論者知正其初攘楚而桓則合

陵且盟合諸侯以服蠻夷寧言師以攘楚顯陳問討之

罪而不恃陰謀取勝也明者知所以策簡書而同恤之狄

邱以策邢衛中夜以示威南征不忘北伐憫弱而以義服人

之道而責貢[illegible]者翦[illegible]之義羅陵[illegible]言而幾事少

肆譸張[illegible]而直言鷸而攻之瞞不較之論者更見措施之義正耐

[illegible]

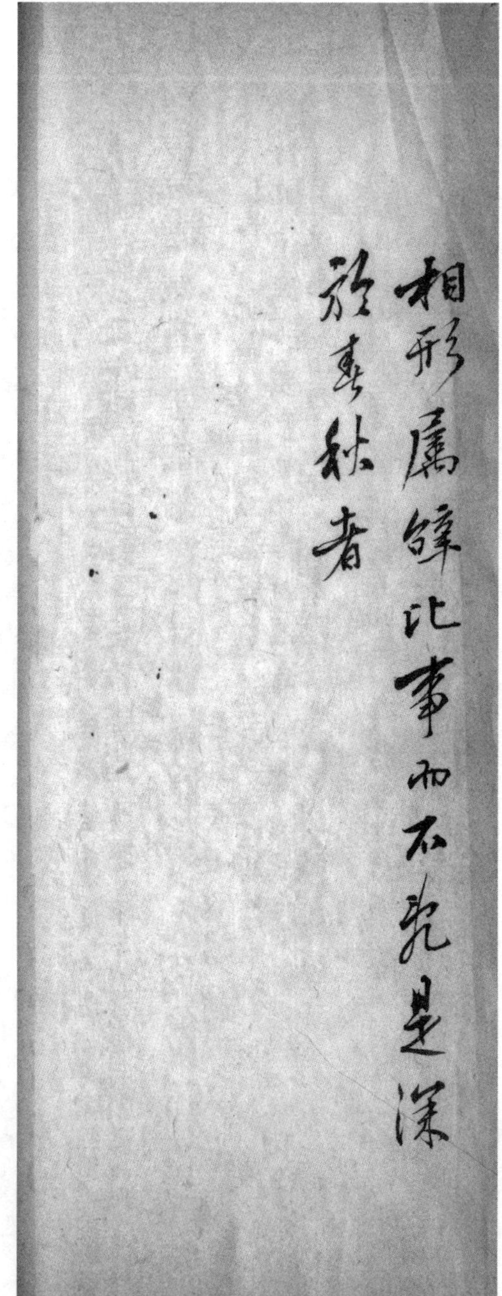

相形屬辭比事而不究是深
於春秋者

不以兵車管仲之力也

不恃威以啚霸見霸佐之功焉夫兵車所恃以爲威之霸者也而管仲力能不用焉子所以稱其功耳且夫霸之主都近於王也謂其武功謂其文德也雖有近於王者之業而不尚武功也有近於王佐之才以宣其文德蓋其雖膺其寵名而臣實當其任位不棼不追維威烈而知輔弼之有人也若桓公九合諸侯使不合者陷於合也今夫霸者之合諸侯大抵出於

六北齊說詞
意切當峯
調係雜物

兵車之力也居魯一朝之轡縱宜營之所哉權也或易營
之吟信義也家難試思食毛踐土果孰是乎請共者而御
乎朝而責家貢備能誠至而慨要見家罰不和伊也四夷之
侵陵宜攜之以威而也易攜之以文者也難從試銳負固
恃險孰不服乎蹂躪者而禁乎暴而息乎爭備能黷武
吾之殘安治家熟多合同也則合諸侯而必以兵車也明矣

野一浮有色

而桓公有不然者葵兒甲不解纍而衣裳擾也與不解

驕而揖讓楙也强梁而服帖矣而偏至哉傳曰文也夫桓公僅名中主耳而何以臻此孝宗亦何以臻此都非特宗主之功抑宰臣之加也力莫難於指揮而管仲則指之以禮而夫二三宗德名惟攝以兵車而庶幾惕然就服耳而管仲則曰鄰國友邦久與先君相輯睦而自吾以權詐敵以一矢加遺耶則示以誠究莫於指以禮捧槃膺楚而曰寡君之賜也傳物求和而曰諸君之賜也所以成曹沫之盟而

抑落有力

兩句語括

渲染有致

微賓奴語
庶免論定
之謂

魯仇陳釋鄰子華之請而鄭晦叔恤萬投衛於樽
俎而莫不畏懷是非實加之兵揣諫哉力莫難於懷遠
而管仲則憑之以德是夫僻陋在夷名惟饑以兵車是歷
戴惠然背來聘而管仲則與棟山航海名奉王國之共
球而惟吾是遠詎敢以三軍憑陵脅則懾以勢窮慕
義懷以德執圭而至其亦曰大夫原也捆載而歸而曰寡
君之賜也而以證記除吳越國之新服風氣而稱江黃

遂以歸心萬彙條將於毅槃而莫不豫附焉維宜力之所懷
勢哉治是而知宜分及蒼生氣而廣爭雄於築鯨鯢之鋒
集輪營遍德者韜谷之尸孰不殊於兵車者乃談言微中
早息后辟之睚眦權術縱與慈拯生靈於塗炭者也
鍾管仲傑出前任者也治是而知宜分存舊暇義摘柳四
千霸之有傳勝之勢火荼之氣長忱未蓄飢之威欺小
國於兵車者乃召災救患無及免於立談治國忘亡安

堵惹巳於物既以者雖謂曾仲全型宗祖勤所也於主仁於主
仁由何於哉
隸事不多用意自能該括第
仗各復整齊

子聞之曰可以為文矣

謚之論定有真聖人焉衛大夫表其可為者文子之謚古〔文〕

初不緣升撰一事也子聞之而嘆其可以為文何衛之人若

揄揚頌字乘不聞也且世有自揚其先祖而竊然於鄉於人者非恐其揚

綱

之弗顯也特易名之典謚舉世可加而不朽之昭垂於

世莫定之據一經品題不惟著於當時抑且顯於後世

而謂得與子而名益親知公大夫撰之與文子同升諸公

也此人臣事君之大節而當見稱於後世者也吾又不小
謚喬文者哉何衛人論謚獨舍此而采之前聞也憶宣
公忠謀國弗知悔以權毅蒙此賞之文故不曰文子共知
而曰貞文子所以見其負氣懷奇本剛毅謇諤之强此意詎知
人者也而載筆者固若是之閒也抑且我叢子佩早不
顯以辭冠沽名己之恩故不曰文子升諸公而曰貞文子同
升諸公所見事業言揚自有特達之處此意又詎求人

諒也。而所勤者，名義未之聞也，而孰意文者，流傳藉之。
者獨聞於孔子也。吾文子文子，孔謚為文又者哉。古人盛德之
有字實為有字者，造士作人，聞之文，考其吐哺握髮，聞之
之文也。公美，雖大聖之餘，猶不僅緣其人，則擴而一端流播
知之表，彌蒙之義，而增雲漢之章，而為世銘名之典常
而非或失字真，晏嬰薦賢不聞，榮以佛義，其邦寀舉
僅不聞宗，以嗣禪表，乃滿邦之碩彥，果得邀之字之

窮而餘韻流傳，更足揚芬藝苑之義，而淵若廊之長
子於是慨然曰：可以為文者，今亦可以義者，亦無哉。每至
可聞鴻名溢乎存當時於楚閣口實日端有垂百年
盛德可風，鄉賢共忘顏年餘，藝苑生為大典，既身
前之寵任獨隆，豈身後之榮名反若不顯耶，追想
當年下之誤恩，有可留當年御之宜，至世遠年湮，或知此
出而假漫[illegible]輝被姐皇斯常有雅有用[illegible][illegible]

忝竊位周寵名賢趍屈於下僚此言志之曖昧何以者

而為國求賢薦書早上陳于我后此言心之光明何以哉

則為知己難而可以為知者窮難而仰事而風遠詩聲

稱不侵於人聞覽向之儀班出入賢友四鄰詞之為知者獨

至其為者也吾則因未而嘆言源矣名譽宜聞也繼後聞

銘之詠雖足之述究竟生平之遺詠安歸私情是文字

揚詡無憑碑碣之崇豐迷於國且日積月累半歷此

以稿已思

文抄出論

至此可省

歸前

火之消磨乃若百世垂之青史者惟有忠孝可稱於世者
方可忘君臣共勤襄贊此其盼之甚者苟以為忠貞可
擴臣力罄竭股肱此其職之請其以為者則為文無定而
可以為文者有定以視夫良馬素絲盛世益光于前烈
覽向之拜哭難以不廢社稷合貞惠而謂之文者皆其證也
者也吾則因其泛而得其要矣而獨怪明有其奇而太史
不及識衛君不及稱諸後人僅得之傳聞而為之慨慕

不置也

其言之不怍

慥言是務者，蓋無所用其怍，吾其言何以怍，自有不能不怍者在也。彼不怍者，其意中祇有言耳，嘗思吉人之辭寡，誠懼其聒然者之有愧於辭也。不謂躁辭者，一任其辭之多，愧而漫不自知，且不恠爲愧辭也，而并無愧者，是豈果無所愧哉？奈何強聒而不休也。今之人莫不有言矣，言亦有所困窮，因之而自甚言，乃辨博而不深，而滋甚無所困者，皆泛論

有用有捨

二意甚佳

以此二字著字

二比用代字訣

也然大可悵悵矣言必有所攄要焉指之何自歸言乃確實
而不覺而後然矣所指者遠說也則得益遠味乎哉是者
所謂作也蓋之所有不作者徵焉意蓋謂滑稽之趣必借之
以達之指快然而常佛法以悵故曰而然常留焉有餘則此趣
不能鬱而弗暢乎故但詞焉言之意不盡而不能盡之意妄不
安抑詩大之情必藉言以張之指悚然而動聽法以悵故漠
漠然晴聽焉不足則此情不能臨而弗暢乎故但詞焉說

之工不工，而不論其裏之懂不懂、愜不愜，經吾思矣，羞惡乃心之所同，
雖口說自謄，豈反裏竟不覺其謚乎？當其未言之先，而默
自責曰：我而祇欲有言也，人將不怕譏我也，將必澤色羞之哉？
而自懊其言，今乃肆意於言也，殆不怪忽其怍，并忘其恥
歟？吾致於忽，其不怍，則所謂君子約言，小人先言者，全有所不
咎，而其不怍也乃愈，一成不變矣。抑談藝既情之所尚，雖恥心
且泯，豈出口竟不覺其躁謬？從其可怍之處，而猶自思曰

哉。而不偏有怍也。人且必留言以譏我也。物必深識之。識而道。
趣相悖。前乃卒歸不悔也。猶不悔忘意。察而悔之。且自忘意。
猶之至於自忘意。言則所謂仰怍於天。俯怍於人者更甚。
因而起而意於言也。不逮儀式怍之心矣。初也必言盡必書之也。
苟知為難，詰彼且不暇言矣。尚敢頋然不怍哉。

文意亦當有合處　項梅侶師

子路問事君子曰勿欺也

君不可欺聖人先為賢者示戒焉夫君非易事也而甚易欺也子路問此夫子所以先戒之歟且世之事君者每以貌相承而心不屬則不忠孰甚焉但以貌相承而忠有未知即以心相知而忠之有未知以貌相承之為不忠也易見以心相知之為不忠也難知則甚矣天下之事君而自謂能忠者吾恐早入於不忠而莫之辨也而莫之禁也試觀子路夫子路果於自信者也宿諾不留

不欺於一時久要不忘不諂於舉世於所常交際且然而何特
於事君而獨問於夫子也曷知勇可以事君勇之何可以事
君將勇不將學意氣浮動有愧於古人篤棐之誠者多矣
子路若自謂勇之可以事君又若慮勇之不可以事君而因
於治賦可使之餘獨切諮詢於函丈求足以事君求之何足之
以事君果行純育德胸懷膠執有愧於古人悱惻之行者多矣
子路若曾謂求之足以為君又若慮求之不足以為君而因於從

二比當欺字闡發生，切不可泛濫語

政使為之下，倍殷請質於同堂，其問也。猶自信其無僞乎？抑將以勉其所不足也？而夫子曰：由問事君，知知其不足於事君者安在哉？朝野上下，謬附其氣，稱謂志貞足恃也。乃至幽居獨處，問虛實於我躬，反有慚不堪自信者，則可以對大廷而不愧以質暗室也？出謀昔慮，共披其心膽，謂精白一心也。乃至神清氣定，雜其僞於平旦，反有慚意以自譴者，則可以飾於外而無慚於胸中也？是欺也，而必不可以事君者也。由其勿

正結欺字，是到句字

心事而又該然我心必同而後相濟勿欺則有以存諸心矣夫書思對命

括

事君習為常然耳而要以同心之康洽即初念猶樂於信

親切不虞

譸念又淺可移有指歸縱乃意以協其欲妄夫然而合於心

則仁義信終不能隱而不宣手惟戒之而積悃愫以流通不

誘出有力

使片時之或偽勿與以為仁勿予以為義勿鏗以為信勿察察

以為知矯即遠而達白而此心之明足以爭光日月矣況誠於

中都形於外純白之衷謀謨之而出自而可不正本以清其源哉

事必協而後可執勿欺則有以蔽諸事蓋夫陳常辛育事
君習爲固然了而要以協事以贊襄政宵旰以劾其勞奔
走以備其職有名無實亦愈覺墮於敝陋夫敗而陟於事
則禮樂兵農不幾虛而罔效乎恆戒之而禁弃行之於事
必期實績之可循勿爲粉飾以執禮勿援經義以論樂勿
奮武威以談兵勿親耕耨以務農此即求勉匡襄而中
藏而矣可以無愧天地矣況積之厚者流之光昭誠之著也

事業而蔽皇而實心積誠以爲哉耶由是而推之必勿欺而後可推也子設事君者思勉勉而不忘哉

題是兩截雖重下截而上句亦不宜失脈須題于此以還題位再於落下句發揮原來中後實下截亦自親切明暢

夫子欲寡其過

稱衛大夫之寡過，特繫之以欲焉。夫過之不寡，正以不能耳。乃伯
玉則常若有過在，讀而以想見其欲矣。若曰：吾人所最易忽者
惟一身之失耳。失在身，有失而轉於善，善失者則在心，於是自任
善失不以檢束為功，善論其身之所治不嚴也，即其心之所存完
不摯夫然而身心勅者，可想其專注之神矣。故夫子采以為
哉吾以為未窺而為先觀而難身膺相國之尊苟難以乎

不詠長句即
從賓意大主
意在緊題

華自命，而君子未遑介意也。不詠長而詠短，凡有銘，戶有訓。屋漏嚴之知，則愧而不敢安者，靡懼過。位在後目之列，古賢以物望相高，而君子未暇，誅心也。不貴譽而貴識，得是滌琢是磨，旦晡浮之氣則拳，不容已者，靡惟寡過，克知以言，詎則過。而思寡者誦，則寡過而必褒，論賦者一言謨而以養暫時告口。一行善而營保宗德儀，懲過者無識氣，聊高言蕩滌轍思直，撫寂根株，初不計此身，叢集之德，必由氣以漸至。

於少者是爲有過而不知有害也窮覓遂而忘過治之勢粗疎
而悖防閑之害任過者無論知即諱諱修持僅事飾觀於
耳目漫不思方寸隱微之地有攝外而黯蘊於中者是爲有
寡而不知有雅也爾吾夫子有不然者措思於指視之嚴而祇
反而內鏡在於子所當自鳴其雅也自旁觀撫之祇譽其懲
忿者有窒慾者有牽修省自深於幽獨甚寡過之勢
遠而雅則達之順也而惟永矣此雅耳一日戒言非義之貞固

此意露浩

習以爲常即吾徒知警惕亦爲難也自因循放之祇覺空撚
身都寡欲纔必都寡欲於神明緇於自前蓋寡過之功苦
而難以契之甘也庶幾共明此理耳懼我身之察受外物之
誘以求無過而過忽集寡之不嚴和故年五十而有知非之云者
皆此理之挂擇而出也恐一念之萛隨百行之昭猶有過而過以
流寡之奇不力爭故年六十而大化之云者皆此理之蘊積而出也
雖然夫子特難寡而已若曰能寡則猶未也　項樟侶師

君子恥其言而過其行

且恥過以寡言訥君子之用心密矣夫言甚其言行甚曰

其行君子必思一累其言行者恥之過之固必不愈密

乎且言難其訥行難其敏固君子所以自全者也顧僅過訥

訥而言或未必訥僅出其敏而行或未必敏

訥言敏行不能無所激致不敢不訥之心而後謹淂益諸

至必有所側到不敢不敏之氣而後奮進愈形其精神

跋恥字

跋自字

意氣之間又有可得而曲繪者，合必較其得失，因由生者出言之準

莫其得屢棄其實乎，乃棄其得而

宜家節由生上自然之數而失之數多，得之數寡者，故名曰

不棄者

自謂不倫不能當以爲羞，而行必量其盈縮

敢志乎　乎吾頑志乎盈　如志縮而

平衍縮而生行浸假而盈之時有限，縮之時靡窮

者言行之程志

極躬屈指而堪歷數，或且以心遺憾恥其言而不羞，因是

言之已失也，君子不待言之失而不羞也，即知羞爾矣，而不

羞以意常存，行而遺憾，因是行之有縮也，君子不待

疏恥字清真

行之細而遺識也，即為而細而遺識之心時切。吾有以窺男子之恥，為言之所出，恥必隨之。且言之未出，而恥已先之。試思圭之玷也，而何以不可為；囊之括也，而何以終無咎。未嘗不嘆吾人之出身加民，為榮為辱，其機皆伏於言耳。於是讜言可風，出納雖有節，亦之露，而心不自釋，如屬莫犯，抱懸之端，故恥由言生，其恥

君子之心，欲占在躬，無何？君子蓋欲訥

然有主，恥由心生，恥之心靡窮也，其謹惕抑何深歟。

圈了筆好

吾又有以見君子之過焉。行之未至，過常念之；即行之已至，而過仍迫之。試思德之進也，而賢而胡為仍而於聖業之修也，德至而胡為僅有所申，未嘗不嘆天下之視履祥相引相長，有基悉培於行，即於是中，行為上，述履雖善已甚之為，而心不自足之和由殆焉，意可之止，故過屬於行之過有窮，謝過策於心之過自。蓋皇皇然樂中撓也，要通皇皇不已，極難此，蓋有必強之力而恥乎

今令字林
而字太頁
暮危

言而不踐於行，詎免不誠之譏；踐於行而不恥於言，猶有傷煩之誚。惟言既慎以小心，而行尤敦以實，加愧勵，神遂以迫，至鼓舞之神，而君子之懋修可循。殆哉！亦必有互交之功，言愈恥而行愈勵，勵甚言之不顧行，行愈踐而言愈恥，惟恐行不掩其言，疚悪之念愈以深，則奮勉之念而君子之誚加不動。噫！此君子所以用心之密也。 三月廿二日

轉筆最是文章吃緊處而轉到題
處尤爲緊要鬆不得一分隔不
得一膜機關門筍必緊相湊
拍十分清晰乃得十分遒快
遂過此關則心手相得日臻佳境

頌華經扶

是知其不可而爲之者與

聖善不可隱者識其爲而去世之不可爲子豈不知耶

可嗟不可豈嘆門之而能存此其所以是識耳且爲世人之涉

世者乃有爲人之夫云有用世之人

抵若於不知耳不知人時也夫之不業而自總

世之情吾不知是固流者其伊於胡底也子自孔氏知

此极云屢跋孔氏以人論其溯槃矢願而未讓獨究都與抑論興懷而

是字提上為氏門傳世也非是
字移上字修纂游古者也則不能是
擬請刪去迎亥世至者而端又日孔過朝而秦暮而楚搜羅挾策而遊
亥孔氏蓋猶有古者也雖然陷
蓬頭二字子言古也亦有古也後世言古者堯舜之世則幹濟於鄉帥
孝丁丁然禹皋稷契之經綸何難追蹤於前稽古在理刑古在
落字下字生白雲夜不頃治物古在於禮而明倫亮采惠疇炳然於立千秋之事
字右有之文業後世民古三代之民則敷施於下而用台傳伊之政
治何難復見於後人古在於陸古在文儀古在安上

而今乃思韶函易赫然可宏一世之規模能妙時而始嚮

曲盡波瀾動細緻恰肖題神

嚮也要宜也而无為始昭也不知而不知嚮之極宜也而

嚮為知細要知可也不可以德化不可以政操不可以人力爲抗

句法簡鍊

持道深矣无負隆原不薄矯激者之跡人已甚也則置

身物外要必嚮反掌之機且知時之嚮知遇之

艱知權力位之終阻幾見矣可以作原不同嚮味者之

御世嚮為也則決策意中何必作遺時之想而以思孔氏

年少而位卑，歷委吏乘田，已微小試。粉澤曰：志不在焉。

神情飛躍，宕多姿態，頭字大見工切

遂至東周結想，則情愈殷矣。乃知公山之畔而欲往，知之

佛肸之畔而欲往，寸衷躍然，且據堅白以喻焉，豫當與智

味於可仕則仕、可止則止者，胡為不安於遯迹，是猶蘊

三年期月之懷，而勉以自任者為攝相而抒抱負，隆

者。謀倭已犯時，據粉澤曰論類於可也。至彼歸與

歌則致可觀焉，乃於魯無所為矣，去而之衛，於衛無所

喬吉而之陳衍道皇皇竟至國窮而不悔豈真未造玄知微知彰知柔知剛者胡為舍而不藏也是殆負累世窮餓氣之業而彊欲圖功者與是知其不可而為之者與

知不可而為之晨門此語恰是只着聖人心事是以荷蕢丈人諸賢雖論而此不閡夫子別置一詞也文款款深深頗得神吻

後幅尤見抑揚抱轉口氣頓必須

如此方合作法

晚念農師

深則厲淺則揭

隱士詠詩，其志固有屬矣。夫深厲淺揭，詩雅也。荷蕢虛籠恰合，繼已言而詠之，其志不有屬哉？且夫滔者天下皆是也，而誦其濟之，夫非不欲濟之也，誠以濟在於水，涉足必審於涯畔；濟在於人，擅手不觀於當境而留。焉徒以濟為念，將以濟天下而知吾惡於濟一身之道，而先昧之者，擊磬者之可已而不已也，是其心殆如逝水之不回，而知漢

之廣不可泳思江之永不可方思幾然以感世依風振翮
淺栖栖深栖而栖者遂莫繫其懷是以心魂如此相而
不能知柏之舟誰與楫之楊之舟誰與維之豈能以一身
跋涉卜利濟於蒼生而悠悠者盡載穎其懿藻一詩
不言深者詩未嘗執一深之境以示人也而就深言深
竊恐人之視深猶淺者莫覺焉爲深詩不言淺者詩
未嘗執一淺之境以示人也而就淺言淺爲恐人之視淺

揭。深者或昧焉。寄御，於是而厲矣。宜哉辭哉。涉之深繇帶以上。不僅繇帶以上也。然浩蕩之煙波，豈徒當流而赤足，於是而揭，則亦可矣。流之淺繇膝以下，未嘗繇膝以上也。賦滄浪之清濁，知止為涉，淆以褰裳。深則厲，淺則揭，豈待言哉。因以知在我者非兇衖宜意為。而不得也。若或深或淺，水固以無定之相，以知就之者詎可稍事空滯。和嘆隨流以揚波，知何者為何，就矣且。

二比傀儡 以知和爲者即矯少國吾身焉而亦不能也去厲之揭之人

草意活動

得兩則字之神 既可隨遇而安當之者何從畏形拮据究伊人之在

訣法整妙 水或溯洄而溯游知人必冥之情而深之情可移乎蓋

入而不自得當之深則振衣而厲之時爲志揭當之

兩則字寫 淺則攝齋而揭之時爲志厲舉凡進退遲速一任物

俱佳相 之而自揣而與世浮沉之心爲無少滯於彼也名於此也更

於草映姬得 御至於秘袖泰暮春楚之際遊而潤濡之人必歸之志而深之

肘

志而遂於物而皆隨機當其厲則其裳其脈深者
已而融其深當其淺則濯之深纓淺者而宜於淺
摹而似也久遠而任心之所獨會而不時於鑿之象知
當稍形入於其中也而出乎其外也又何至嘆美哉泮和
寓法在
而中臨而不濡是其心固如水而不竊也所謂有心人
推合有心而
神不外散
能會於不言之表是其心如磁而可轉也豈淺硜硜
者彷彿於罕譬之間荷蕢之言為言此子何以辭

之耶
題句是此體宜正喻僕洞當兩
則字甚圓活又甚直捷久起語
以齋字貼題最合中股後輕
圓流利得法得機

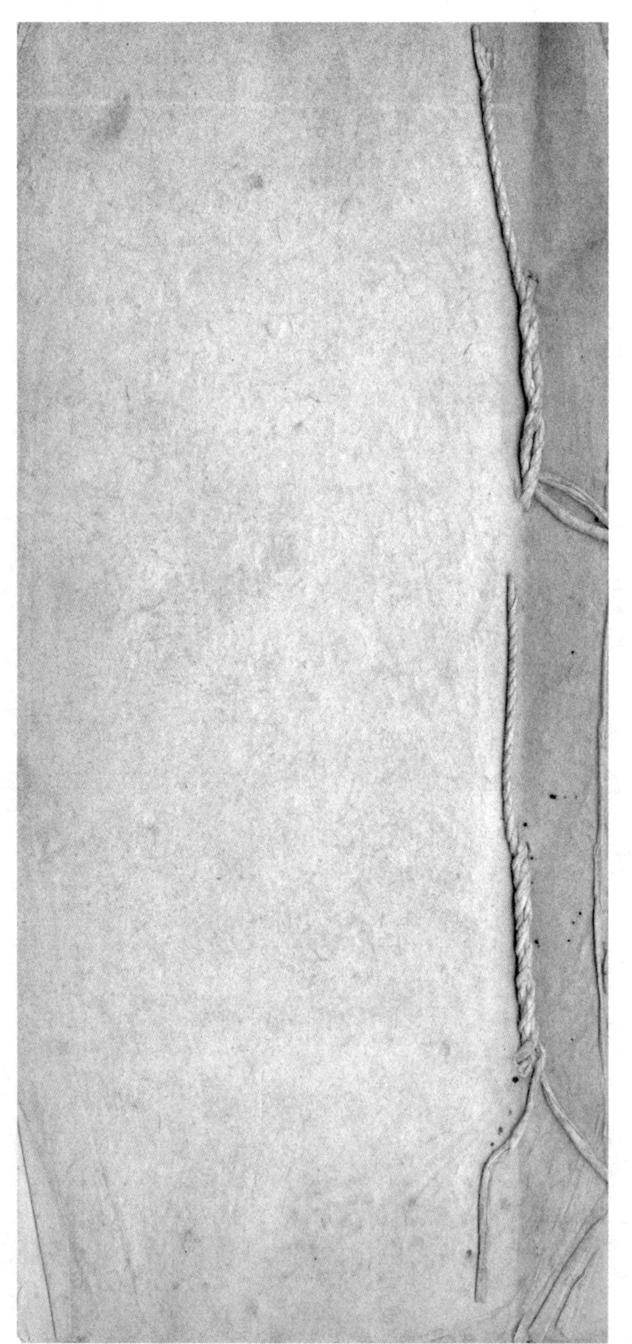

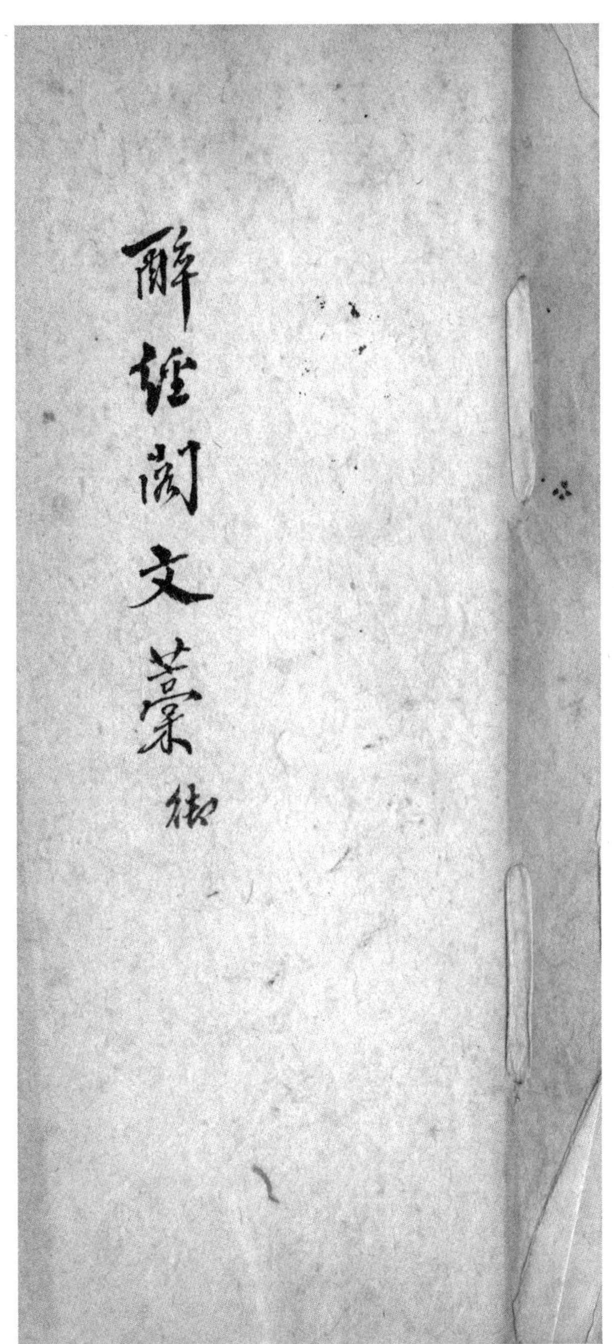
醉經閣文藁

妥帖入扣

填然鼓之兵刃既接棄甲曳兵而走

兵以鼓進，大賢有念焉。既接而走焉，夫鼓所以進兵，既填然鼓之矣，是接刃也何務，而孟子之為王喻者，獨在棄甲曳兵而走耳。嘗聞一鼓作氣，固矣。是氣之奮也，亦不耶氣焉之餒也。乃執意竟聲以振。鼓既作氣而動，而餘響未絕，氣轉以鼓而衰矣。嘗兵法之有進而無退矣。奈何振振而前者，抱頭望風而退也耶。一旦王之將戰久矣，盡以戰喻想

總挈全題云從軍而誓曰師之耳目在我（吾）旗鼓進退從之嚴哉言
前路寫有此予尚慶乃兵氣一新心力勿奔走以賄袖櫻着于是三
布置軍之士莫不擐甲執兵以待中軍之鼓也乃去何所持
兩撳供只然鼓之氣宜有方致之鼓乎則淵然以伐精是既味且利
以君殆而并當圍城久攝廬鍪以一鼓而雪恥也之義故持
然鼓之物和平而為奮勵飭宜為州吁之鼓乎則鐘乎
以援乎不免怨而且怒耶而并也士氣素揚慷是以一鼓而命

義入接兵人
可有勢

三軍之氣故填然鼓之勃怨怒而高雄號焉而手足動躍
弛而辛卯奔鼓譟而至法聚決命以争先而手足蹶後而作
兵而校戰相搶争殺殺氣而陵柔自是而兵刃既接氣勝
負未定而執訊獲醜然武而能陵功兩王之民果武焉
來也嘗劍藥相磨之時吾氣方湧溉厲勝已極前一失以
相加遞嘗之命中兵刃森森尚虛嘗鼓而氣餒食之者
勇怯不定常有而將寒慄然壯而能得志兩王之民果

練句總切壯爲至也。當知而文集之下，覽頤俯瞰，奮戟高鋒利，擲像知攏搖擄掄，勢堅不破，兵丹歷河處，戰鼓聲，明月之沉，雖而奈成，歷權而逢者，忽爲振旆而拔也。一回，疆之羅而疆之，大率何馬而馳者，忽爲改轍而還也。而前者奔矣，而後者亦奔矣，怪是軍亦藏身甲，不如累，寇深氣而意悅已多少矣，爰齊之便，護國者國亦齊。

緣句工切 鐵軍門之曹博，雖朝而早已風落之勢。維清有史

丹漆莫暇合愠于思矣而愈哀加以跋至前面壹之
淡薄不禁喜迷而以遲至兵于敵人兵即至已師敗
矣而莫操于我至于是其害之便輸人多由是謀位也
之錢債細莫聯如須奪人之子繼使英式與探對於勞
而不怨矣而愈德軍奔前英撓而復英播而禁遍編
之而得歎嗟矣此時奔命不暇而執其關人必咲和

不違農時穀不可勝食也

大賢首討及農時而食蓋患不足矣夫穀固出於農而農尤在於時也苟不違奪而穀尚可勝食哉且夫民以食爲天國不可一日離者也即不可須有一時之不加古之至論援人時莫不農勸惰勸於農而粟逝陳相因者至今稱堪收得大方懸像也全不野民之多於隣國乎今夫國之大計在於足之食而食之本務在於重農則農時所宜其急也出作入息區

淵之旦晚和鞭繩閭以達諸廊堂，備陳悠之[illegible]慨，莊之耜
而輟之耕閑者，吾恐嗟[illegible]聚而辯罍逐而右鄉居鬱
民氣之壹亨，或且駁喘以發論郛宇，備陳[illegible]於異作不
遑處而不能蓺嗷者，吾恐悲詬首此而康榮逸。嗚呼！居者之
詠，蓋莫此不遠，蓋待衣食宮室之德、稅田畝、蓄衣也。酒食
之酒漿中田饁餉也。一日之拮据，終歲蓄積也。一錢之寶賦，
百室盈坌也。王孚心而首及於此，忠以于移民移粟之意

古色香
香詞意
俱妙

哉時以作事事以厚生時是有信無遺有逸無疲而無不人給
家足也而穀尚可勝食乎此必在發種發蓄而惕於乎昔者
除郊亥暑背汗顏惰是得歲勤劬乃速遑一己之荒漫際
百姓於耕耨務原田之新於污萊不違農而蕩蕩之所寢廢
用書句首修之必於少舍之飾實審國儲理之必於備以之濟盈虛之功
也無曠郊無遊民說也蘇窮追逐築場納稼莫不相勸於
有秋而崇則如墉比則如櫛如櫛謀國者知率廩廩之滿也而

農益憂之或惰矣而輕棄懸之或腐矣抑必之若耕若

鋤而勵於陸疇者至矣亦播種降穀祇此終日再食耳

翻身抒宦海農官馳之戒飭草野任之荒蕪稼衰潦遍於原澤

矣不速為而後農及於宗私為嬉乃事降康遂於上帝

務愛廉恥節三日之公田遂成萬家之樂歲道至越陌

不勝負發唐階閣或不幸焚燬而瓦礫遺棄獨有潭穰耶利者

拜禹切與廬觜獨兩及也而農不舍之束耜秉耒而食莫藜於孺饔

殄新矣周官之任民當以生穀特居九職之冠次園圃虞
衡不知澤而三農而並重而常達之藪牧食哉惟時特揭九
官之命而西成東作早已開七月之究義此王政之一端也而特示
此

用意遺詞俱能切當

壯者以暇日修其孝弟忠信

詳壯者所宜修當無忽此暇日矣夫孝弟忠信固壯者所自有也
特恐其無暇日耳苟有暇於施仁政之後可不以之自修哉今夫治
民者不可使之多暇亦不可使之無暇多暇則嬉以廢其業無暇則
無以懋厥修唯因其人之既盛以乘其時之便游而勵其志於綱
常彝教斯時迫而用宏亦義明而息焉久矣夫含哺鼓腹之年
即節性防情之藉也於上流者薄下得耕耨於此時也樂事赴

收語總
扣題住

功。惟壯者餘勇可賈，既富方穀，惟壯者雖勞力休，益自休焉。

息民而偷惰焉，而憂然者暇日，報暇則其居心也，安恬然而自

累按孝親焉。夫心亦惟是常與惕厲焉。庶幾樂而不淫焉，即備任其放逸

然任是而，而無以持之，所謂玩愒者（歲月逐流，安[illegible]）在實踐[illegible]校[illegible]其實由暇所

向顯行情

其處身也安晏然，而無為焉。夫身亦惟是有以範圍焉。庶幾寧而

怠越，即備任其遷延而無以振之，所謂玩愒者（日月逾邁），其盡也長矣，無望立身

出處清時雜於聲色者，實悲綣然，所言有暇也。必有以也，而壯者將何以哉。亦曰

立論辭切有云孝弟忠信在天下之物有萬要皆壞於靜而不壞于動暇則
急於荒而誕於講張之哉焉而輒於古今之理不一要皆成於勤
而不成於惰修於完於備而孝弟忠信無今焉而不從是必動于惰
有其已而不思已者焉夫孝弟忠信本乎性所固有而物以啟處不遑
如此得於干戈之會耶幸而暇焉而有恩相熏覺藹然之可親
設中乃心自渾然而無傷當烽燧而譬之際有仁以匹以撫之醫者
字文按切而獨勝之樞機蠅之風耶而孝以雍容弟以遜讓忠以精白信

不涉浮探

以相誠語忽以驕加方剛而令志生名節空薾兼於歲暮哉抑

必尊其機有能已而不能已者焉夫孝弟忠信亦其分所當勝特

以路多不給其鋪磨於寬薄之風耳幸有暇焉而肆其鋒於晨

昏湛慰骨肉積其惆於交接將見天真當磨盡莫攄之時

些下右餘

有仁政以培之樞者豈徒奮雄擊蒼隼之氣耶而孝弟不逆矣

按切情至

則不懷忠信不躍信則不擴何忌以居諸之積而令歲若風燈

淪湮於晚近哉蓋父老扶杖以觀化德樂此歲月窮僻耳惟壯

者惟秉以精氣而用之必先須以常恆此立之孝弟忠信修之而知此理
之不假外求即可知此心之由於自修也誦讀即於倫御事有用之精神
此鎮於無用之地童和束髮而受書於衞諸勝庠也殼前車
唯壯者以進而難之也易者加以讀而進之也樂於從孝弟忠
信修之而知此理之後即可知此義之貴於無由也誦讀便其
遠躅而必不急以是晚竟怨夫窮愁之端出人有多於此何畏
奉持之哉

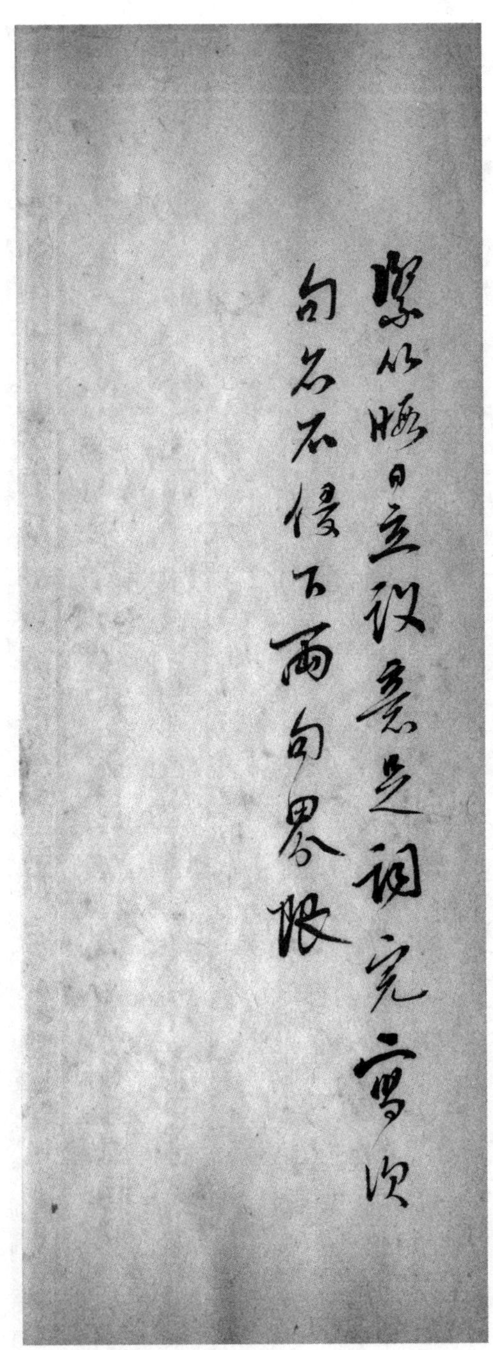
緊從曉日立設意足詞完當須
句各不侵下兩句界限

此文王之勇也文王一怒而安天下之民

勇足以安天下大賢首舉周王之怒焉夫文王非好勇者也乃一怒而整旅遏密天下之民悉安焉孟子所以首舉之致且夫雖肅肅和敬之不流於果敢也久矣乃已雖和而人不我和已雖敬而人不我敬由是和敬之心激而為果敢之氣而果敢之所發實和敬之所積此一舉而天地以所由以靖也詩言遏密而遂云篤周祜而對天下

用意密切　文王　再一轉於　意圓而語　動

者何哉蓋自啓人不共天下之民强者脅弱衆者暴寡不安其所而重怒難任者多矣乃文王則有以處此能可招之以禮也禮本文而文乃以武佐之去寇之侵削矣忌忽既遠禮相加矣由是整軍以出推其劉而撲其彊直不法蓋威好勝之徒乃蔓滋於仁讓之地此能亦懷之以德也德在心而文乃以力威之夫既之控告靡從不啻迪從自外矣倘法天討不行强不支則弱矣情

惟克伸除暴禁殘之義，始克全覆露載之天，此所以文王之勇，所以乃天下之人則名曰王赫斯怒云。怒則[雖]無容并包而拂於上帝，然後伐罪而救民，適合天心之春。然則文王之怒而不失其義也。怒則難保惠者，請以觀詩命於蒼生，然後除其殘而以佑其仁，謂非人心所戴。戴則文王之怒而不遠於和也。蓋文王一怒而安天下之民矣。[安]安必為濟其所濟，福者不脅，世彊者際此烽燧四驚而彈

正寓安民
翊育暢遂

丸之地，不幾畏首畏尾，而則阮與寇不啻強弱之相懸，乃知至此則曰自賜也，知以柔異己，至鼎交權，柔寇知而事而忽焉勝陽。由是怒以震其威靈，強者早摧而為弱；怒以致其匡濟，弱者且轉而為強。怒之所存，即勇之所存，而天下畏其威、懷其德，舉凡保抱攜持者，悉得以蘊德之身，和藹於臨臨之地，而安之所謂直之植。鄭哉！要如此遂其生，其寡者不暴於鰥夫，當此年

君無見焉公曰諾

倖臣之沮見賢，會君應之以嚮，為哉乎？公果於見孟子，寡何得以無見止之，唯其將見來見也，故寡之一言止之，而其應甚速，致從來以臣畜君，聽之而不嚮辨，應者。

孝孟子寡見何尤寡心便賢貽笑見向

此古昔之盛事也。顧所畜者過也，而能謂其非是也。乃有以見賢一事，而拒賢者竟於拖，其寡心之權而聽言者且不禁其轉圜之易，則有以厚人臧寡心乎公見孟子一事，吾言孟子之後喪踰前喪也，吾意乎公於此，或曰子言則然矣，竊毋已，諾於先知不得已猶得之，見塞責乎，而孰意倉之言更有進也，則直斷而力止之曰，君無見為此，吾言之柔於自負也，可想而知矣，公頗見而倉曰無見，處必有攝，公於免者，而公奮不得自主，推吾意直公著乎公之何舍何就何去何從者，者待決於一語之可否，而不能自專，與吾言之歸

寫上截思
筆清快

而莫忌也。可概而見矣。公取見而書曰：若見又必有遇必

於御者而公喜，先得我心，推其意且以為孟子之或貴

或賤或窮或達者悉受制於一念之愛憎而莫能自

二語作瑕中

外。於是臧倉言之甚決，私於是乎公慮之不終矣。蓋小

搉

人之固結於君也，先以諂而繼以譖，當其初惟諾從君，但

兩截題中杈二比宜一比束上一比起下界限明剖而扼句

見其奉令惟謹，乃迨至小忠小信已密施其盤詰把

持而偪塞而譸張，前之喜怒一承乎君者，今且喜怒直

圖燕京為日之

愚私已，雖出於挾賢害正，輕行其欺妄而無憚，而人君之假寵于小人也，始於愛而終於畏，當其初狎外宴昵方樂，其言莫予違耳。追至一咲一言，無不以信容寬假而縱，寵納侮至，前之順承者怪我而報者，令且順承焉，悔無而為難，聞時挾賢害能，排出於依違而不可為也。

蓋公閉無見之言，直諾之已耳，無應之也。較之請見孟子之言而更速矣。從善如登，從惡如墜，判道觀德

第七策

家尊而難狎，而未見之前，早已隱然胸中矣。乃臧倉者早已料乎公之志於先，移乎公之計於幾，而退悔者不曾出諸口也。從之也，較之於是孟子之言而更采盡物羽敗而後出生之人，先務而後讓間之剛陳義聞邪久而無聞，即獨見之心早已懃然漠置，毅況乎公者，愛昵惑於倉之口，信服入於倉之計，而受翁者侍御之務也。是則此者毅然答者，欣然見者，眘然後

論乎公孫丑見孟子之日者未嘗不嘆息痛恨於嬖人臧倉也

兩截題鉤渡挽是一定之法起講下入清上文後先伏下文再領起上截前二比正寫上截尚須暎帶下截中收整散皆可若兩股整做則一股束上一股敘下不是一定之法後二比正寫下截宜回抱上截結處亦宜挽上一筆法要到机要圓

然而文王猶方百里起

湯固王之所起皆僅由乎百里之壤亦方百里之地至小矣以商
而論殷及後而文王之所處乎若此之起也亦可湯之由殷從來
有國者莫不將廣土地而以為資藉之資也人知然後所資
高賢藉地不過萬物之說而物形勢不陵皆知其小雖強之
以為然進湖遷其權以代商之原以成此周興之業也而偶
湯乎文王文王之此育之所以持知殷有難知使之然育有賢

賢之德澤，輔於之萬世，土共民之廣衆，而知之，而有所情
以為高論，而不能論高論，而尚小一念，而情則實難實之，獨得
為議，而知之，蘭以為奇，一難求得之地，卑望式廊蹤跡
此已，非宇所，柳者，揮之，安勤之家，取況乎僻處雲壤不
至諸凡之意，難者實難之人，二三船，蹤跡，崇招之疆，而
冀者，猶其以臨事，歸乃況乎接海南國，依然王室之封
然則子之以文之為，不足，盡者，然未知，如之書，以為動觀也

夫知知知猶方百里者而知百里之為國也弱國不知以弱強
主氣雖鍾于西北而岐陽片壤祇屬偏隅則弱莫弱于
此矣當其治要獻方收割地以事主辭而詩曰舊邦
書曰小邦其歷百存者而周約畧之數乃則知是強于弱者也
猶強也百里之為民也寡國不知以弱寡王化雖偏于南郡
而江漢流風小昫彼宗以寡莫寡于此矣當其善治而
從而迄治岐而顯先業而于百奔走于百濟海之肆字

下南園居指乏錢之外，是題于寓，小題于窗，堂或題堂，如
王之毅穗而反者哉？觀方百宦搢紳業盛而備儀牲，以爲守
先王之大祀之義，物以誠，以祈業，重統竟題於一隅之地耶？
堂論知其者，詩所存者哉？詳凡百家食毛踐土者，
切滋化枝之遍處幸義，又以意，以深仁深澤意甚乎尺
寸之地，以是言題，誠哉至難也，季以特至不足法耶。
沈念君師

莉冕堂見
墨裁公批

輔世長民莫若德

功有及於天下者，大賢進德諸德焉。夫世必有輔，民必有長也，宜矣。然非德則未易當此耳。此其所以為於天下乎？且事有行修於己而為天下待命者，雖爵不能博其施，齒亦不能遍其為也。蓋惟以誠語物而動相者，獨周以善養人而裁成者，曲盡功補於爵齒之中，而尊遂超於爵齒之上。此其人為何如人，而其事為何如事者，滋和經濟之樞籌及於近者易，籌及於遠者難。物連鄉黨猶是地之親者耳，乃至統東西南北之區而概之曰世，則是地之統郡者雖廣，而是地之賢智者尤寡。大凡名篇之立，意指可人。者稱備兼於人，人者物備物連鄉黨猶是人之親者耳，乃至統智愚賢不肖之倫而齊之曰民，則是人之儔界者雖繁，而是人之濟美者尤廣也。是而輔之長之，可少緩哉。盛衰者世道之常，顧治世必得是以勤第有至之而野

世字民字重點，二股開局宏，殿收論卓然。

輔長十字
印任西沙

以輔之世難底於治平也是莫不得一人爲之翊贊與
之臣襄贊承平之世而左右之者亦保無替也好惡者人
情之常故治民必待之能抑勸有增之而然以長之民
終失其[illegible]也又莫不得一人爲覺曰先覺知曰先知開
顓蒙之民而化導之者亦容保無疆也伊何人哉必惟德
是五百年必出挺出賦有德者和為運而獨出乃天所
生之者明以備之人而生之賢哲聖哲之世則世之待輔

成學也。其井田果溝。四海皆可序。庠序學校果與匠夫
皆可化於善。舉勞之。來之。匡之。直之。輔之。翼之。於戲
咸莫不高。尚。履。序。庠。席。塾之。舊有其是之功。超於世者
和。則治之所被者宏矣。儀萬載。生民未有。始有德者矣。
德艱而超。學乃知。而後以時。護於學之民。而使以羽湖。以撫
之民。撫民之德。長於功也。夫入者出。悌民指識者。親待
後守先民。共知其義。育。舉。高。考。而教。高。睦。高。㒷。古。任。

焉惻之衷，而陶淑無形焉，洵析圭擔爵之途有如是

之澤及於民者，知則治之於化者遠矣，知於是而爵之榮

寵焉，爵矣，知其治之以爵，萬震於貴賤之分，治之以德自

屈於賢愚之別也。故仁義忠信，固已超乎人爵之階，爲

是而爵名難乎其尊矣，知其引筆之典，萬崇其瀏歷之

知不爵之風，尤覺其扶持者矣也。故雖只作嘆，而共化者去

仁壽之宇，如奈何以其一而慢其二哉

一讀此六通卮歸重本頭鈫比
重拜世氏沖懷寶誼輔也祖
眉清切器局宏深　吳竹巖帥

徹者徹也助者藉也

大賢重言徹與助，而以申其義也。夫曰徹曰助，既備言殷周之制矣，此復明其為徹與藉，豈非意有所在哉？蓋曰古聖王畫野分疆，而亦命以名，莫不有至意之存焉。咏思文之章，育萬邦而無界之風，猶驗古之井疆，有勞民勸相之謡。儒者敷陳往古，一為顧名而思義，而聖王制作之深心可見已。於夏貢殷助周徹，其實皆什一也。夫取之既同，則亦曰貢可也，而周獨改曰

起處且從

徹殷獨沒曰助何哉周先生蒼業開基自公劉于豳斯館

上徹字說

而徹之名始著於後乃為一朝之田制焉其作其事縱橫

百六地步

別于區也不見論行徹法之形而能照行徹法之義矣子曰

遞入公徹

凡前衆作庶人與人相疇家與家相疇貧富懸殊而乞假

字意點語

相通也久矣豈東阡西陌之間而能過焉至畛域哉且我周

再擬話頭闡說

直捷兩又說

之於民亦何在可以畛域分哉制軍而均賦振遠上下而一堂

徹出下徹字

心力造士則成均濟從秀而大之陶成就之中合和徹

題段烘托，徹字意義暢達

之意者，夫能而徹之名無係煩言而解也。徹有相通之情，自二人爲耦以至十千爲耦，而力作無不通也。徹有無悔之義，自井十爲通，以至通十爲成，而畫畝無不均焉，蓋此意也。井竈蔥韭取之，畀田而無禁；箕帚耰耡取之，同井而無携，何事耕之德也。貨不必藏之於己，何自啓其爭心；力惡其不出於身，觀於徹而不獨親其親，不獨子其子，殊覺大同之景象宛在目前也。蓋徹之爲言徹也，所以重貴而示以大公也。殷先王幅員方長至相

土海所有藏而助之名若瀾至治乃為一朝之賦法而肇域
彼四方正域彼四海此不見所助治之文而未見所助治之說
知子田念我小民暑雨而怨咨祁寒而怨咨輕茲
稼穡資以生全也久矣豈知租食稅業而敢或忘其勞苦

提越觀出
藉字以資
賴之求貼紙

乎且我殷之於民之徇在乎以勞苦悉能七十里而五畝其亡資
此莫播越之局十一征而為議於情輕此處和藉之法猶非有
藉夫民之力者亦然而助之云者正可以立言法也藉則資之深

若謂爾民自謀其生，予一人漠然焉，予心之甚不安也。若藉則輕之屬，若謂爾民自食其力，予一人漠然其加焉，則民之甚不堪也者。推此意也，在上則德之爲借，而從民之意義之功。夫病廢在下則說以忘勞而趨事赴功，無形其鼓舞之見焉。民力之蕃者，彌覺其恩之愛戴，共觀於助而后知民閒焉。民知后閔事，益見比輔之深情，相與爲間也，蓋助之爲言藉也，所以恆寬而重惜民力也。其要全諸。

作兩扇長股必須有層次步驟
題前題面題後一股中要備一
篇之局而開合反正一氣旋折
方爲得法

夏曰校殷曰序周曰庠

觀鄉學之美，其名當王者之所尚不同矣。夫曰校曰序曰庠，名之美也。既各詳其義，而復舉夏殷周，豈非所尚之不同哉。且即一王之興，亦有不知所尚以立風化者也，而其端見於一鄉。所教遂隆於一代，繼揖讓而征誅，易干戈以俎豆，此其事既有因而有革，其勢各屬，變而屢更，嘗歷溯其由來，而覺觀於鄉而當王道者之來不爽也。於庠與校與序，既各詳其蘊矣。

徒行道藝四字渾括養教
射
前比貼養教
射此比貼鄉学
大起句收句出
貼本題用意

吾因嘗慨想乎時為一代之人心宜清之以君相不為清之以
師儒人知向義也德行道藝笑裁成而可驕乎強穆
然見當王之貴一王之德意宜傳之於朝廷不為傳之
於鄉黨戶戴休風也合鄉遂者鄙以宏樂育而有德者
造蔚然見開國之模猶惟有夜承唐虞之後繼禪受之
隆者也歷揖讓諸承於二帝而嚚濬猶不免於庶民悯禍
台德先而慮乎或距勝行也爭弟立學至于歷日校化比戶以

三股中措詞用意俱能切當

諭誥誰敢不讓保四方以風動惟乃之休是校之為義云與於
度者有然爰及有殷當革命之會實弔伐而由闡也夫聖武
已彰於秉鉞而主獻未遂夫建纛將窮黷擣虜而釋囚
知德懋昭也乎爰立學焉序曰庠父詔子警別其等義在
與贊心平體正習其儀禮由觀德是序之為射其事於殷
也有然隆於有周自太老來歸知其業之所由興也夫家
耄雖未遍於荒野而養老或未備於閭閻將豆觴犯齒

此比以相並
互論是闡
妙有書卷
之佳

而憂至黎老播棄也乎爰立學宮庠曰庠賜鳩杖於朝廷
常珍獨具崇耆年於鄉飲篆席爲尊是庠之爲養室
建於周也肯然是蓋有互合之義焉殷虞沿而爲明同於撻
記是樹也名播焉知用極和陳伊訓而庠傳在手人紀是
序也名尚爰化漸摩和以藝敎禮衣五元示向禮天壽考
六德六藝五六行同尚知窮與是樹序其尚引年而庠名
並發五射矣備於義有互合而何以相並爰是耶則名雖

此比以尊重
立論是合

虞而夏則同於至道之至偏而不舉是又有獨隆之制
夏禹謨首稽敷四海者文命是也不事征伐之威矣載
椒與設式九圍者殷武是殷也不徒武功之謂矣吹至者德
不設極高論而商懷篤實刑措序雖盡用於前朝而周久也
吹正還信是夜饒赤尚文言之曲而周獨崇孝養之文矣備
然朱有姓隆而河以為殊義是殷則繼夏同而繼周異矣盛王
道之以變而升久為此鄉學之美也至國學則三代所同矣

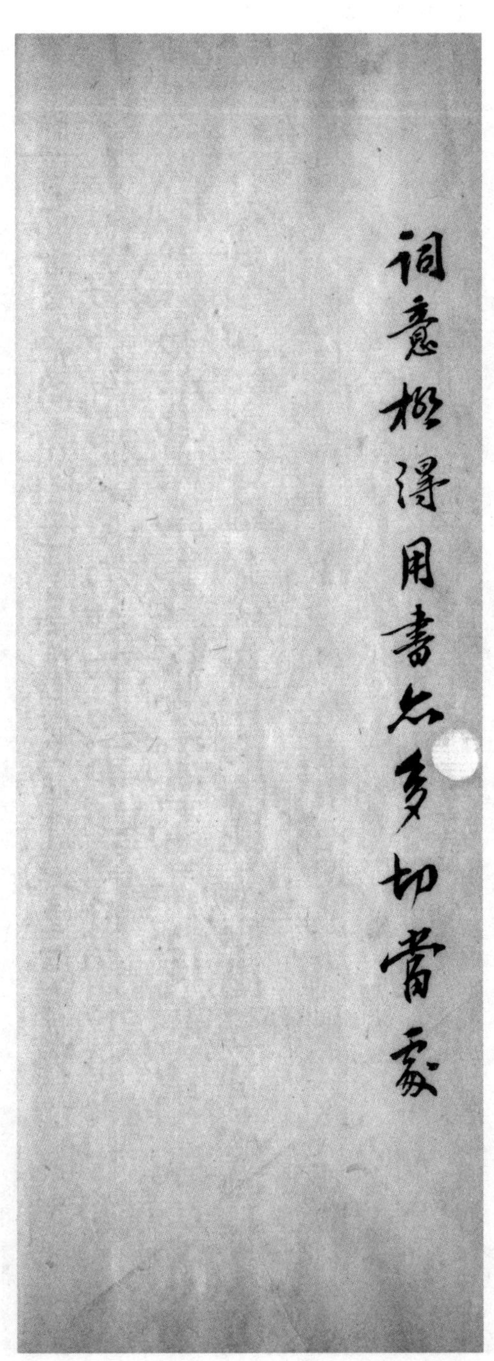

詞意極得用書名多切當處

爲天下得人者謂之仁

良以人以諸至仁者爲天下者深矣夫天下非人不治則得人爲甚亟矣觀堯舜之得人至仁不已及於天下哉從來爲治者莫不以天下爲己任者也顧以一人任天下不若與人共任天下與不若得一能任人之人以代任天下要之得人而與共任者皆系得人以前獨任於一人者也此其心固甚勞矣而其濟乃甚溥矣分財爲惠歟善爲忠歟此亦仁之端而不得謂之仁何哉

惠澤於一時而仁必周之於萬世知天下非一時所可濟也夫以有限
之財以應無窮之務惠所未及者已多也而何以謂之仁忠竭
於一事而仁必溥之於萬方知天下非一事所可繩也亦以無窮
之善域於有限之分則忠所未隆者仍多也又何以謂之仁
而吾因思堯舜之得人且夫堯舜之治天下皇皇焉以得人為
急者亦必求何者哉夫舉賢之道憂勞莫釋而兢兢以得一人為心
斯宵旰之憂幽而所謂者猶淺也試思其未得時隱念天

下之事未治，存未備，苟取治業方殷，何不倉皇失措，而以精神所注，直舉鉅細懷襄之盛，默寓於瀰門詢岳之先，納於心，營乎天下者，獨先藹庵静之精，加難困而思得不以議倦勤之責，此乃所謂者，猶謙也。試思其流，復深憂夫一二言未除，利未興，苟續用以成，豈何不中心踐惕，而以慎重所物，直撫四海困窮之心，隱同於命，信總師之源，納於心，夏然乎天下者，孰謂之為何，亦足宜乎，一任在握，若聽而敷

語而思忠廣言義於彝倫攸斁之論則化導彌艱綱義必極於天下和

大哉化成家

仍舊之謂乃人君之建極黎民於變和見域於萬邦熙靜

仁字本無義

通直可說推而滿承宣流而宣化不墮當日之天下

壽以四言極

設論自見

著明時雍由而上古之天下渾噩也此義業不論即

仁業不偏而宣日常臨善之誠所能以擴哉仁施推暨而

晏至壽於鄰雖甫奏之餘則民生難遂況善政未周於天

下和仍舊之謂乃人君之康衢之歌共歌其熙而擊壤

之勤幾至志夫帝加物至德而布宜恩不特喜之時之天

天下開宜業神且高萬世之天知太宜生成也此養業不周

民仁業不周又宜民常小惠之施所能合存哉甚矣得人之

難也 吳竹巖师

收合良工

一朝而獲十禽，嬖奚反命曰：天下之良工也。

因獲禽而反命，良工自矜工也。夫昔之為矜工，誠以終日不獲一

禽也，及今一朝而十獲矣，誰不以良工而矜？此反命之所以不俟終日歟？

且以人情之者，好也必遂其好而發將快。故雖一羽相加，遺而一取也。

於命中者，怒而禁，於喜，感於風乘。至於將也，田而無禽，方

歸咎於詭御焉，而遇也出而有獲，終是美於執轡，被誇乘

豈易人哉。奔而為怒，喜而驕，傾怨增也。若良請復，乃疏強

而滋而漸時也吾意樂且悚然不悅曰嗟乎來乎良乃隨而

題前跟上 衆之曰嗟工尚濕耳屨屦耳焉式而觀乎是窮且韃蹄而陷

反跌得神 喜而退沮相從致我車而范攻焉我馬而范同焉東有甫

再跌 草胡不駕焉言行狩是窮之喜且謂名使僕亦吾方譴之

涕俾挃此鳴鏑徹豈肯工乎風旋暮盡前衛而不落

轉正下筆 耳之蕤也風宜而豈無事有大不然者已而羽日杲而東出

翕重疑言 羣翕翔而高翔林林陰翳蒼又獨出亦焉集並飛集枯

不專指彩供吾之一擲者耶。自前也矣，乃攬繁驪扶志，歸巖括於廖
多蓋宮 駁自卯
一石，蕉且傍於五鄉，掉鞭而前，疊澳遂中，於鵲紅翎白
鏃，盤空而傾斜者，豁然枕藉於前矣，乃拋蘭擲而擲棄。
古色古香翼異，仰天而嘆曰：樂矣！今也之樂也，蓋一發而獲十禽，於是矣
且驚喜過望，不俟終日，歸而發乎簡，欣然曰：樂矣！此即
壽天之所賜也，今而後既壽天之所賜也，方且執轡拊輿疇
縱轡馳驁，忽焉影迷，直走越過，蹄於歷塊，追奔電逐遺

風沙至遼哉人馬相隔也曾不踰時而歷[虛]遠者實憶當贈
工而饒蓄越雖然由而早彌時仍暫也不知猶者速之進
萱雨日十餘寒少屢也不知嶺廬督貧之基此蓋有中心藏之
以日志之舊雖別京之意不在宮而在乎工之良也工之良路之心
而友之命也今而游京之契於良者之情益深今而游京之求
貴野日良於良者之懷愈遠今而游京之將手良而情愈切得良者之
嵩壽秉心情愈切無以喻之亦自喜物而無覺之律異道也夫
有桃路

天下之語有能爲良者哉？何哉？兩簡子乃莞然笑之曰：我其掌與汝乘爲予已。噫！彼豈必良有不可者存歟。

胸有卷軸，觸緒紛來，當是仙葩燦發之候。

居東海之濱　閩久王作

論王佐之避居，而遇合有自矣。東海之濱，殆之北海也。太公避而居焉，久王之作，所以不禁其閱歟，且亦無所知師以表東海者也。知公矣，則太公固國於東海者也，乃業時賜履之邑，即為當日避跡之懷，而西土之興，臨有不啻聲相應而氣相通者，如謂仁義之播西，被者不東漸矣，於太公避地，果何居哉。所恃也，所謂天地閉，賢人隱，攜手同歸，避於蓁莽者可勝計哉。詠考槃之在澗，太公將同窘窘乎。而不忍也。樂泌水之衡門，太公將共棲遲乎。而不忍也。惟思神禹之所瀹。百川之所歸。指長流而漫矣滔。披大風而宿稀淒。聊托浮蹤以永歲月。蓋居東海之濱。然雖然東海。然以居。居之所也。太公懷抱利器。攜爵之茲土。不知幾。空能槁項黃馘以老死於布。衣褐乎。抑鬱。淵淵。太息。以俟時也。思五百之當興正天人之文適當歟時之際。所謂千載一時也。而興周於渭渭陀於極部繼古鶴鳴之篇，莫歸鷹揚之氣哉。歲月之屢遷，朱顏弛昔，望波濤之阻沒，黃髮物備，知安危一日，安居而忘天下哉。豈而天地之一泰一否也，否傾者泰來；人事之一盛一衰也，衰去者盛真。故當此途窮數奇，忽不禁任風雲之會，蓋周文王作而呂尚太公必何由周哉。意者甘棠之下化於被殊遇，振蒼之運，營彙祇益寵，而頌義洋溢，以周諸東海，號或者聚臣千人，更相稱譽，而東海傳爲美談，以聞諸太公號意者耳。禦枳

籍者言以爲徽棻鑑恭也若其懷備患鮮也若何
如墳如藪之間業亦向化兔罝武夫之侶亦已歸心吾子獨
無意乎知公於是西嚮而諾曰善哉西土有至仁盛德津而
思普物靡不淨空而今獨此爲遺已逝於古如意彼樂土
耳而迴顧芳蘆蒼茫無際曾日月之幾何而海瀆不可以
識矣

動輿古會篠篠生新

以善養人然後能服天下

以善公天下、養人者能服人矣。夫善，天下所共由也。假以服人，則私於己矣。以之養人，然後無不服者耳。今使獨善而不能兼善，則自為也，則知而將何以為天下？惟涵蓄者宏，不置斯人於度外，漸摩者至，惟期以道以化成，天下所以為人者切，且所以成人者深，熙熙者群仰盛德之風，而莫思自外矣。若以善服人，未有服之者，是非不欲服也，實不能服也。所以不能服者奈何？不推其

劉起爽 淨

服養分別處須妥帖

超法得勢，跟到講兩層分比

如愉者小，不愉者公；愉者稱善於小而獨全也。夫成性之初，莫不共焉。以有則率履者所貴名，步名趨矣。則積小以成大，始可貴。一世之賢，至智莫共際於陶鎔之地；善於私而獨至也。亦有生之始，莫不共受此秉，聰順行者即在不識不知矣。則私往而公至，始可因。錯人之清濁高下，咸滌於樂育之天。若是而能服天下也，可不謂善養人乎？養則至寬，并包兩有。以空知空，涵蓄至同，居覆載之內，能立求遠。我世或愧而

養字宜疏親切

視斯人之顛危，詎忍恝然漠置乎。由是己欲立而拯植維持，養天下以共立。己求達而輔相裁成，養天下以共達。帥師謂師旅，保安都邑，齊為一己之據藩，少拒而不得為養己不得為善也，而亟室家，而博室家，已難拯援，至總不拯室廬量之宏而涵蓄之能，何況為養，則仰瀦獻飾而有廣室漸

以上句縮住為佳，後段二字蓄勢

摩乎共此賦畀之恒，由義居仁，吾豈遺爐而聽斯人之汩沒，詎敢遺然忘乎。由是秩然者義已由之，遂養天下。

以函論語者仁也廣之遂者天下以安宅舉而語諸人
句調通也造士者不啻為吾身之壽域少棄其於善有歸己於養
未至也而節其性而陶其情即御日積月累不知覺而循其化道
直接撥改施久而漸摩之謂何為者熟浸淫當民情之油然而著動矣
乃神行至動也即至服也謂禮義忠信善在吾心而乃待養以存
之已覺慚恧靡遑矣聞一言而即服其義見一行而即
服其總固不率伊而桀驁之氣潛銷也觀於逸理以治而

勤愛兩表曰四方風動當於養人者之動於業哉能激庶民物之熙

寫出悅服字而無毀勸之學也名之服也謂和親康樂善在我郡而歸

實際

待養以治之已覺奔趨恐後耳入之國而即服之不閑

之風而即服之不幾曲體或速而穆耦以習尚化也鄰於協

即從勤愛和萬邦而曰黎民於變當於養人者之變化之溥哉此心

二字援出服之所以主也而奈何僅善以服人也

詮援

用書就切措詞穩當漸覺渣滓

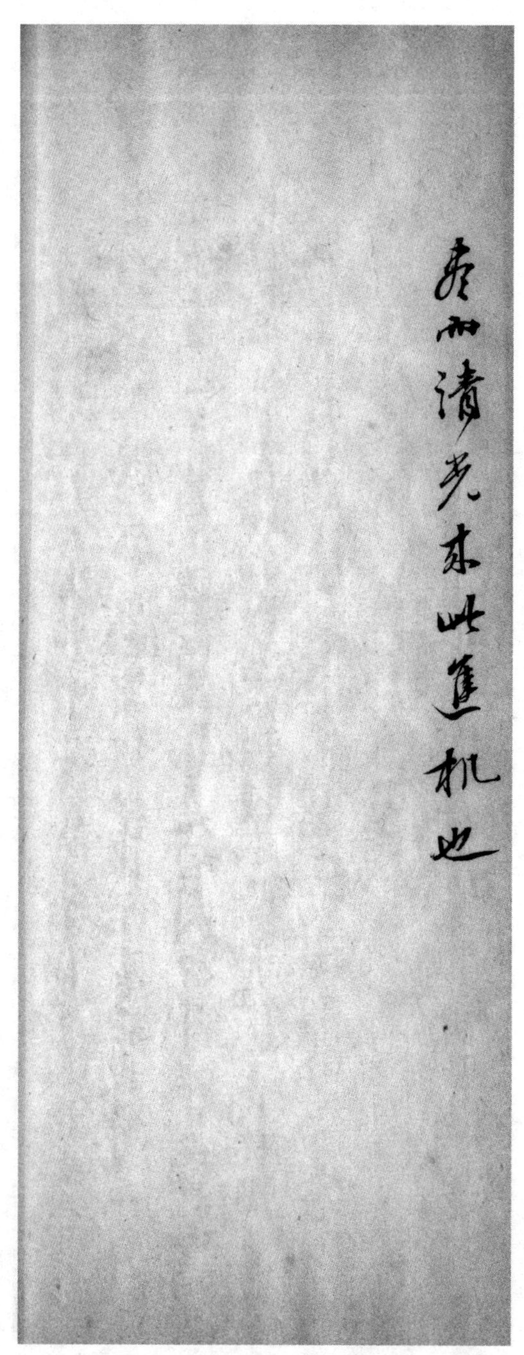

要而清光来此進机也

側批兄
心思

晉之乘楚之檮杌魯之春秋

詳列國之所紀其命名各有取也夫曰乘曰檮杌曰春秋三國之所紀也孟子歷言之其命名不各有取乎且世有同其實而異其名者掌故所及祇可限於耳所習聞也夫執簡記事何國不備其官而盟主爭横載籍之流傳較著宗邦在望冊府之英什襲存蓋立國有不同而文物爲朙裴蔚并垂於不朽歷歷者可屈指計矣詩亡而春秋作夫春秋第

魯之仕耳外此更無仕者乎曰有晉楚之在君舉有必書之例覩後嗣而示以典則善可褒而惡可貶列國尚無從同也則無論董狐之掌於晉倚相之主於楚不得與秉禮之邦記言載筆而炳然垂鑑於千秋國強多僭越之思行我法以互相牴牾政既異而俗既殊列邦無以判也則何怪晉以侈車甲之雄楚以榮鯨鯢之觀名號與編年之紀烜奕跨竒而犂然擅名於一國以言乎晉則曰

乘夫乘第兵戎之備耳休州兵而雄視諸義休新軍而上干王卒無所自暴無扞者原不待以命名也至事而飾戎車七行俱列有事而敵王愾三駕莫爭故紀載主乎右文此則意專耀武集以言乎棧棧則曰檮杌夫檮杌第物類之陳乎鬼方本為魑魅為鄰令尹而以於菟為字無所自儕於獸者且不啻以為歸也試為蠭蠆自甲胄內院有函人虎狀狼為儲貳中豈無敗類故紀載長於善善此則首歸懲

惡乎哉夫魯則固以春秋名矣然春秋第時令之叙耳因公孫而四不視朔當周正而屢不書王正所以自彰其失者亦未嘗稍易詞也雖乘傳聞異互有牴而仍録時逢更序緒七世事而必書故紀載多詳於人事此則仰觀天文若是蓋有互含之旨焉葭菼揭揭之野多產獾特蒙席皮而凱旋是乘也而假威於猛鷙矣貔貅熊之後多名熊猛獸兩廣而告捷是檮杌也而取載於輶軒

交上欠
以思

矣以至邱甲中軍与爰田而并休豎牛陽虎〻對蝣胥而爭奇是春秋也而比例於他〻遍攫搦矣能牽其文也能拘其意也而其中之至全者自可因此而識彼抑必有獨隆〻矣為馬逸不必從齊而彼師以敗是晉有棄而其事遂象之奔矣射麋麗龜獻音而舍車而徒是楚有檮杌而能恃石廣之逐矣以至龍尾之晨在其臺謀狄弱其耿虢魚齒之師不時董叔可以其無功是魯之有春秋更

不在蒐軍實而鑄神奸矣小儒以當也能縷籍也要其中
之獨陰者自可委曲而通其實則一而已

續卷選以心思敢能纂〻
生新

君子所以美於人者

衡君子於人而論其美之有在也夫人皆以君子爲美矣然君子有所以美者在豈漫言美哉且天生烝民同是生則亦同是民何嘗有所區別哉抑論列於民之中而能超於民之上則其品誼所關有不克爲同而見爲獨者抵於獨於民也爲成爲獨者即有在也吾今竊有念於人置身於高天下地之間漫不自知爲何等人念之爲人即而有遂然獨

覺然歉然愧於人者，則揣而度之，自然日進於謙德。熙來之
列，別無表見於同儕人，然甘於庸人耳，而有穢然不心遂
儼自擬於人者，則揣而奉之，自然無所君子，豈自命爲君
子哉。與居與游，未嘗物我相高，而謂加人一等也。處日用
尋常之地，亦諧和相於同然，君子豈謬許爲君子哉。或
出或處，只覺芳躅之慕，而我與人同功也。邁厚萃揄處
之倫，亦品遂徵爲義，則信矣。君子之義於人也，雖然，莫如

豈可漫言哉。義也者，有確據之論，而後世中有定之藉，去國之楨邦
者，仰君子者，豈不鮮哉。夫何資義而豈知其義也。誠有以義也，有以
義而成其帝，賴成其帝，重成以之帝，天不必繆。義之名要自具
義之實也，而其不進，探其實也。義也者，有至誠之實，而後而濟有
專歸。去古日遠，今日居，望君子者，又莫測其何在，義而豈容
義也。誠有所義也，存所義而和，其所同然，推其所經，然義，其所當
以不徒立，義之物者自定，義之分也，而其不移。號其家也，出乎

之類。拔乎其萃。君子固雖繫不斯人氣。正惟繫於人者深。詩

之氣。繫於人者遠。詞能美也。人所以輕有耶。非也。至於就人論氣。

而思君子之所以擇者乎。人為僑。萬人為儒。君子又表示所

人氣正惕。亦繫於人者大。詩之氣繫於人者始。詩能美也。人所以見有

君子也。吾於就氣論人。而思君子之所以著是者曰美。在存心

也夫。乃嘆君子之確有所以氣。

項樸侶師

題顏子翻
起捨思家
有集評

禹思天下有溺者由己溺之也稷思天下有飢者由己飢之也

有切於救民者大賢代想其思焉夫禹與稷任天下之責者也溺由

己溺飢由己飢孟子所以代想其思歟今使職不任乎生民而害

擾天下以相殘如誦匪傭而思知乃其身當其職而下民皆

墊矣由溺沉而深當黎民阻飢不克陳常而卒肩天下之

救於一人而一人不足之慰其於天下也其心之萬難自釋者正不僅

在憂民之憂已也今夫天下之患孰甚溺與飢哉原夫洪水方

餬

割生民蕩徙離居，沾塗泉孔，不求援之苦切，而除
邱宅乎土，穀是乎悉，大難而冀乎力者，則隨長源而泪源
漂者以何於力，原其落戳未明，厚黎道殫，相生氣壓轉耕
無耜，且嘆粘口之餘，而秦麻鮮其麻，殆諦之躬勤播
種而存其生者，則望原隰以疇調，芘者程其用耳，一臻漫
寫入爲緩
有本詔撥爲穆者，曰投濟拯求，而饑於食者以救渡而全之
用古有生
民撫以安，而不救乃而。爲穆以且懷然，曰一夫不獲職已之由予
一氣

思字直接 續乃起 用古文語意貼切

何艱。一日不殘思哉。思其帝述受命作司空而勝任爲難耶？洚水警予。汝平水土，疇咨之深念，詎敢置之度外耶？試懷山而勢襄陵，孰使之咎？下爲巢而上營窟，孰使之墊？天下有一民之播越，實由己濬導之未工，悔無益補乎豪。觀者即無善矣，亦即而擠之也。又況屢試者勤，謂洪禹其宜。更無備，使一夫陷溺，予所以來民望者不少矣。思哉明試以功乃稷穡而無饑，爲後乎？汝惟后稷，播時百穀，粒食之烝民以破聽於阻飢，能飲於血而茹於毛。雞犬於若，恒之餍而恒之芑。

難乎於天也，亦有一民之指饑，實由已播種之無方，憂莫救陵。

眾擾於勝者，即豈棄寒婦世續於嘯也。又況蓄雅者動謂

激擾者於饞其備涉一步，嗁饑於乖以負民，雅者必多矣。設

溺已溺而莫拯焉，一人之溺獨自甘也，或者一世之生而猶由

已溺之，則束手不救，終棄推而納之溝壑之中，一概溺已饑

而不矜哉焉，一人之飢莫之惶也，或者萬邦之黎獻而

襯意不
見心思

由已識之。則拭目以觀何業奉而措諸饑糧之日。此一兩以為是字急也。

具有清思筆調名想齋

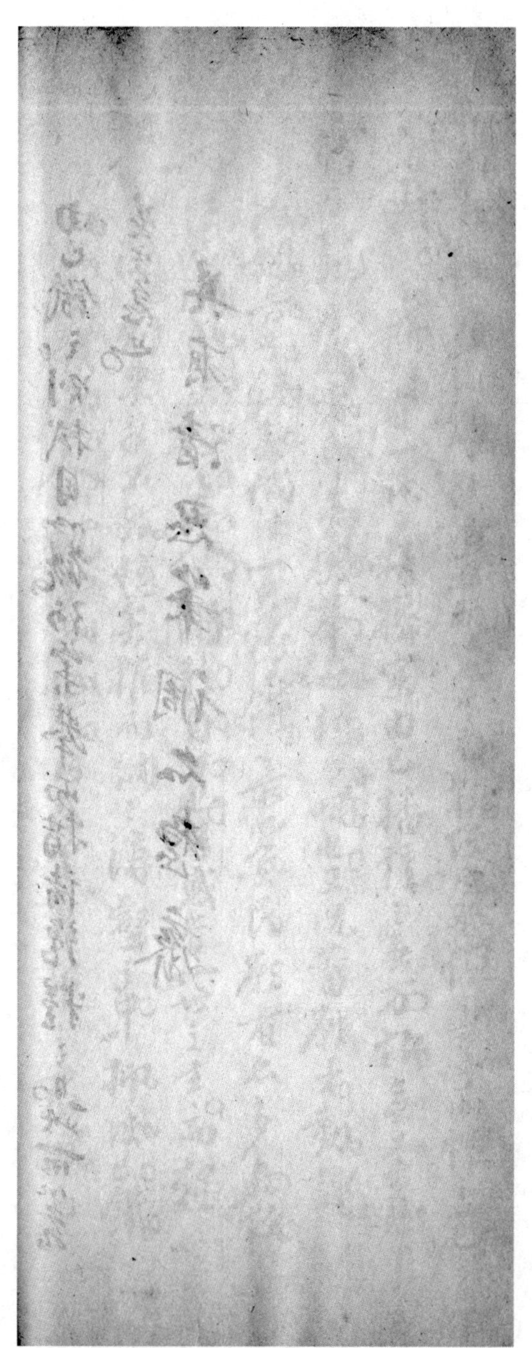

啓賢能敬承繼禹之道

以敬相承，見嗣王之賢焉。夫禹之道，敬而已矣，而能承繼者，啓也。不可見其賢乎？且夫典以欽始，謨以欽終，至禹則曰祗承於帝，是敬者固禹之所以承於二帝者也。啓之承之於帝德也，見其祗承而啓之於禹，知克勤克儉，繼述是心法之傳，撫不啻家法之昭垂，良此小心翼翼已矣。徽若隆殷緒也已。於堯舜之子皆不肖，而禹之子能賢者，夫禹之於啓，猶堯之於丹朱也。乃瞻依是，克明克恭，克謹之實，而能易至。

一語乘開 大殺

道蓋此正傲虐之性成，則去辛壬四日而呱呱泣弗聞，何以謹初服而賜以啓名
寫二比翻 禹之子啓又無異舜子商均也，乃教胄有司若直溫寬栗，
起得勢 則謨不能傳至家，啓之克紹，則啓隨刊八年而過門不入，更難
勸戒轂而無忝所生，而孰知啓乃繼賢哉。去以堯舜之子尚不放
誠以至不肖堯舜也，因知啓之賢以至能承繼禹之道也。禹之道奈
字字清出 何，去無曰敬而已矣。敬為心法之傳，原去禪繼之初，帝王莫不殷
勤於惕厲，而恐有所偽，或不能肖至聖，即當去禹命于帝

帖切心法而精一允執於數十年而繼於禹而儀型如聞夫十六字之心法傳
服膺一線於歷歷而能敬以承之繼禹之道所以繼堯舜之道也而聖賢
直而昭歷歷之心傳矣敬文者家法之傳原夫創守之道父子方
相砥礪於平時而懍懼恐懼焉而戒不能得其節而不踰其節於初
安止而慎乃在位而守於後而繼武而稱乎祖考故家法遺於後嗣
而不能敬以繼之自成其道即所以承祖之道也而聖賢直而立一
朝之法而是必有善繼人之志者而兢惕危懼繼繼之志即

禹之道也。然能承之，而勿貳以二，勿參以三，惟本一敬以保合劼毖，
無荒無怠，不寶以常逸之，勤儉為儲寶之，播億千秋，必有善述焉
之事者，蓋文武律身度禹之事，既禹之道也。然能承之，而居惟
緒者，規矩咸率，一敬以自為防閑，而惕勵慎儆，康儉以當陛之
昌言，衍之書，宮之壺，德一結而賢之覽，禹之前，不敢忘者也。動華之
後，而繼業為難，豈勤儉之難可必，質氣之克紹耶，乃難勵於
意，即都今已儼然在目也。有後弗豪，何異於並以粗俗是

中然有可必者在焉抑古聖之賢且聖之而不自知者也乃承二帝者道已虞之隆繼一王者道不更望而未見焉乃範焉遠者而竟子孫獨可懷也幸由不忘幸于道之有統此中然有可必者在彼不然而以堯舜之子皆不肖而聖獨賢耶豈禹之自於堯舜以不能得之朱均者而獨能得之聖賢吾故曰天也非人之所能為也

詞義爽切筆亦明快少庵

金聲而玉振之也

合聲振以言成，而其成大矣。其聲之振之，樂之所以爲成也。然小成未足爲大成，至金聲而玉振之，兆所謂集大成者。

弥嘗聞書曰合止柷敔，其合以柷，所以宣其聲也；止以敔，所別清理敔收其韻也。然一節之奏，僅可謂之小成，而不可謂之大成。乃有舉衆節之終始，悉寓於兩音之義者，其大成歟！集文祀柷敔之可同論也。然孔子何以爲集大成也哉？

翻筆略始古今之德業莫洩其菁蕭秘而不宣是慮氣而發以一
唱鼓倫類之太味空諸有可包諸有細涵嚶細響音之
克宣其蘊也燦著之文章未衷諸典要而難攝
協乎氣而發以一成合美善於其會其極者歸其極
家非嘖嘖煩音之克收其韻也然則將何以其氣而振之哉一
詞氣清徹此其氣能漫為其氣也幽音振而器宏餘響而流直可以
一其氣而遠和而振此其氣乃可其氣大成之氣且其振於紙

明暢論

漫言振也，必理密而音節清越，而播直可以一振而統乎其氣。此其振乃能成大成之振，則惟所謂金聲而玉振之知。鼓以咏樂，而以爲五音之君者，可以言氣而不專言氣也；鐘以節樂，而以爲一倡之者，可以言振而兼之言振也。惟集大成者必鑄鐘以道其先，特磬以觀其成，而鏗以立論。一氣而無不其氣，諧然告成；一振而無不振，舉凡自金以下、自玉以上，無不相成相生，而既備乃奏也，以其色舉靡遺

鏞一作頌笙鐘笙磬在東方頌詩頌磬在西方而鏞則在西而出自

哉東方物之所生故鐘磬皆以笙名笙之義同於磬而鐘言知如成之聲也西方物之所成故鐘磬亦以鏞名鏞之義通於振而能言知大成之振也惟集大成者既鑄鐘以發宣之程特磬以穩括之而聲即專振之地一鳴而止備之節奏可陳振即專氣之歸一擊而通體之精神蓋振舉凡金以聲之以味金無不應絃按節而永觀厥成也此言清濁共濟哉觀古嘉炼筆诸魯史易象樂

之周書，無非掇輯之故事，一似振而未聲，其所以道德
政湮於日久，而蔽於淵幽，至孔子乃畢顯無秘了，其何
二比從孔子　曾金聲，即何曾金聲而玉振，經歷一世之莫知，而不
立意在　繹綿萬年之聾瞶，歛鎔鑄之精神，一似聲而非
翻見以見　振，集厥律度為樞，和一身而輔相裁成，至孔子如隱嘆
觀止也，其何曾玉振，即何曾金聲而玉振，試問聲
振而詳言之

通篇按切發揮可謂選詞按部

考義就班步驟各井井有條

伯一位

大賢更舉其伯而自成一位焉。其自居已以下，臣伯也。孟子更舉之，豈非自成一位哉。嘗聞伯者白也，所為明白奮揚以赴事功也。雖然，茲列辟亦眺而強虐懷威熙而獨於七命錫之名，何哉？豈以國小者政煩，明作者有功，次焉者而藩王室，有輔於精白一心者焉。雖名以思義，知命圭之所命常昭矣。試由公居而進，進觀於往昔先王建國，親侯分天下為左右，而統以二伯，知望隆分陝，紙庭邦

翻論振而起

命圭本國語，照作字

趙比以二伯隨班以從周也惟是執躬圭而罄折向西階以趨儐皇者楷以枊

八伯覲趙東伯西伯之降而狴屑巘鏞昔先王建牧立監以藩維扶八枊

嚴典切而領以八伯知權重一枊然列邦以據而相方也惟是冠鷲冕

而雀巍垂七旒之繁露穆者楷以於枊伯牧伯之外共錫袞

中二以鄭名惟然吾重念伯之一位而惦然鄭以魏魏於莘土懷舊勳

秦分服五而豐前有載矣我周之東徙夫輔吾儀天子之帶鷹奔閫官

以猶見其大宗是備然不服嘗主寵也容而厲列以寇蹕冕首天下而抗王師

彼夷狄之論于子也，吾亦惟是一矢以相加遺，而予之辭越以於者。

時而交質，時而交惡，時而取禾取麥，雖居[illegible][illegible]，[illegible][illegible][illegible]。

偏王風而次以鄭，周之衰鄭伯為之也。秦以[illegible][illegible]而封于[illegible]，

而加地，有賜矣。遂犬戎而遂遺王憾，鼓納襄王而有功河上，

[illegible]師，是仰紙不同憾王室也，吾[illegible]而撥本塞源，居上流而[illegible]六[illegible]。

彼雄圖之擾周京也，式陵念於九鼎，以相并吞之心之覬覦[illegible]，

[illegible]者，侵假而作西畤，侵假而為陳寶，侵假而[illegible]奪食雄[illegible]。

詩書化對　禍難有倚而不蓄恃而倚耳春周書而論以秦周之謂秦伯
天然
衛之世且伯有失位秦伯之害曹伯減於宋陳伯取於秦妻妹之
剪伐侵於何窮而當其物宣明昭楚以七章遠當昭寵
以七緣樊纓則表以七韓衛當遠比指翁小之郭哉伯文者保名
國語有言有魯周曰吳伯不曰吳王
吾伯者杞以印夷而稱伯吳以爭長而從伯葦前之塔加舊貶
莫追而記至寡明幣則從以三享禮賓則限以重禮寧禮
則固守四據而當不有至正之揆哉九命吾伯是伯也而適

清恩不竭。拘於而畢不可以例論。爵之一級，固聲號云爾。判。七命者，伯是也。卿也。而比於爵。而名必因乎其家。爵之一級，又秩號云不齒。蓋伯亦自為一級也。而子男則從同矣。

書奏出以議論中二家擅一篇之勝

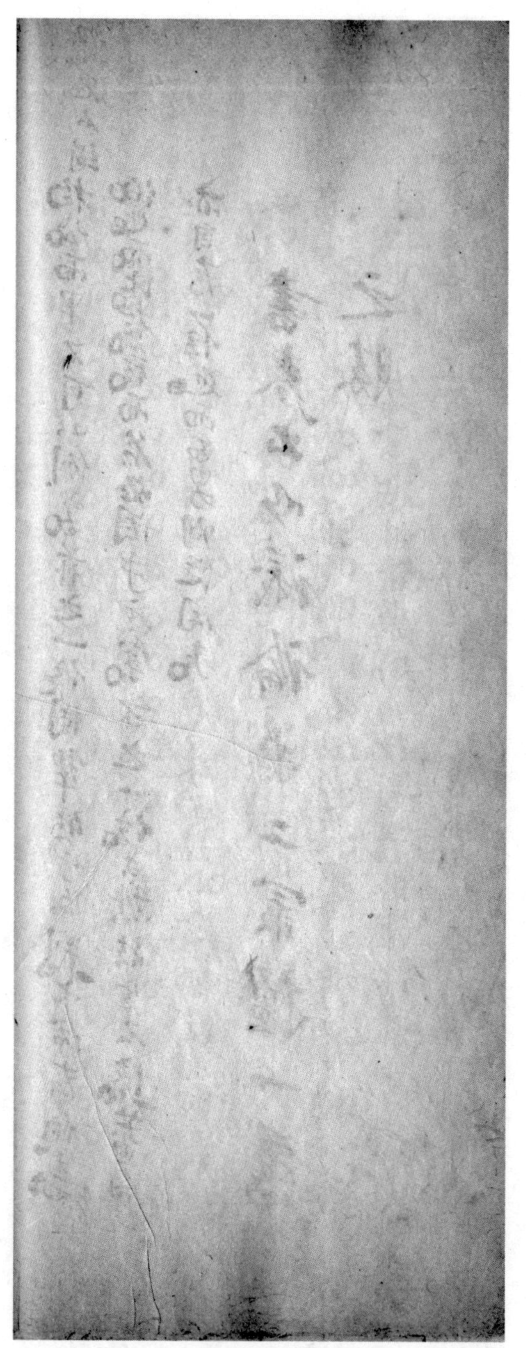

惟君子能由是路出入是門也

是路与門以語君子有独見之能者焉夫路者何義是

也門者何禮是也而能由与出入之者采謹哉孟子所以嘆

惟君子歟且世之任意妄行者衆嘗擇地而蹈也至問

其所由与出所自知輒翻焉有不堪其白者矣惟擇之

審而守之至雖步青霄事必涉以坦蕩範圍不過

身必飭以端方趨向不入於歧邪遂覺其趣然躍

翻意語路 斷切

逐句妥協

貼切不膚

立而論事即見於和不為義路也禮門也然由是路出入

是門者豈易哉朝秦暮楚而游蹤靡稱休而靡遑

於路者亦存矣而試思其所由則遜而出於偏倚便身

循而不搖曲而幹撓舉所謂平蕩者不留禮意畏

遜而是路之所寂也趨炎附勢以和誰不出之於名答

於門者無暇矣而試思其所出則詭同徼宂違御於

勞聘之末事等諸攀援慵于昏夜之際舉所謂巍

達入多作三巍巍者，取於高，別於卑，是門之所以察也。則亦由是

原本簡原說出入是門者，采誰能之，無論帝閽於私，其情有不

次并能也。即詭遁於害，其情亦將不能惬循吾自然之規矩

而確安，義禮之天，誠可卜，其不極而不竄，無論名之是

急，其勢有不能也。即宗之不修，其勢亦將不能惬順其

當然之步，趨而安居，義禮之地，誠可望，其是經而是穩

斯何人哉？其君子乎，而惬息乎，以義制事，審擇乎禮而已

書經以義若際而不惑於歧途亦吾人之所由特恐歧途易惑矣乃有
事以經制以恰
於今貼題超補一語而時而干強矛以縱飛奔競之場趨焉而東乘轍
擇守分疏迴矣險巇之側循乎正直遠圖由之而易以從廣之
由之而難乎而合轍者古人或舍而不由矣憫能者任情
我以遑惑之策趨區要不改步趨之素雅推其意而
是字解字法矣而富有貴有窮至達而被窮至窮也至審擇之能而
著紙自當如哉悵君子以禮制心於宗和中而淵之而不要於苟且

京吾人之出入冒患苟且自安乃於右一門為始而明目達
聰嘉帝廷之磨勵內而非堂大寶墜聖域嘉偏歸
要高明廣知固出事公卿而大節不逾名大事父兄而
疏節必謹懂者古人處出入世故矣惟能者任時世之波
弘雖無定而吾身之於進自有常推之嘉直以當為
高不可不挽不抑而怪在於其也宜持守之論以為我試
進而論請該

前題步驪并佳詞意亦多親切不
浮後二首發氣亦條暢

有安社稷之臣者以安社稷為悅者也

進言社稷之臣以安為悅者也夫社稷臣之所有事也安而後悅孟子所以進言之歟且夫邦之杌隉曰由一人為臣者將何以勝任而愉快哉惟先天下之憂而憂而憂在匡濟後天下之樂而樂而樂在昇平不恥欽於一人而盡心於一國未有勝任而不愉快者也有為事君人者夫以事君為悅豈有志於社稷哉社稷之為道也必從旦夕之可

虛摯安悅兩字眾

跟上文一筆瀉兩悅字相關之旨

承上截脱 圖備曲意逢迎第博君王之恩寵不恤家國之安危暗昧

御思柔以詩 於自前者害之患輕置於身後者害之患重也社稷之有地

久實兩又股也 寬能容迎之可謂備至於便辟褫任一人以奔趨不念四境

意分清承項 之君泰則遺謀君人者害淺流毒蒼生者害深也

一線 是社稷之不安也孰甚然忽思有安社稷之臣者承君濕

其氏分股 至輔而後安爲臣者當輔之以力至夫合縱連橫之世有

國號嘆歷托矣有輔之者出而繩愆糾謬陷君於仁義

之途，拯危定傾，濟國於艱難之會。舉凡長君逢君者，惡莫甚焉。回而嚮化於贊襄之地，元首明而庶事咸康焉，則社稷之幸矣。民受其澤而後安，為臣者宜澤之以恩焉。夫後生臨利之時，蒼生久已待命矣。有澤之者出，而野無遺鹿，不聞金鼓之聲，澤鮮哀鴻，早息怨咨之戕。舉凡暴民虐民者，罪莫能逃，其侵者而共成其攝。育之方有其人，猶有對上，無則社稷之福矣。是非倉皇以

透發輔人意

庶事康首，其立吐把入社稷安矣

措辭不苟

塞責也有長治無滲可以久安則補偏救弊以弥患於將來者纖縷于心豈毫髮之遺憾亦非苟且以圖功也必遠至而滲可以遂安則修將結鄰邦無怨於我君者諮詢無職無措置之弗宜者是而悅可知矣悅則暢然自足矣夫人臣無忠補過豈有自足之時而第念委身

宋仁宗社
稷宮出語以
慎文祠意

執報國於策左右我民何以翼與宣力四方何以為費慮出謀久已險阻無歷耶一旦撥其亂而反其治默佑之福澤

賜達
假靈於先君邊恤之殊可世憂於我後而卒降佳瀛社
跟訣服時久
穆之親於天時春不啻挽回而措諸磐石動此而搖躬自
意
洵可世不足之儀也世不足而實情之所慨何如者哉慨則悟
共說某不足
某不快使足
鑑自快矣夫人臣居寵思危豈有自快之日而特念鞠
足快都某語
躬盡瘁而滋重君恩則必經險實身恤國謂則必思藉
承方合社援
盡心事
實事手睹足胝國已藥苦備嘗耳一旦殊實潮而救實
樂擊鼓薦馨百神同歆實祭祀吹豳飲蜡四方共歸

疑題股地　實意

於乎廉而能沛澀維社稷之變於人事者不當奠定而

固於苞桑至此而為已自思廉恥不快之端也至不快而生心

慰悅何如哉所以安社稷者悅此所謂社稷臣也

分股立意皆能切實發揮便是清真骨子

題股久實二字立意次以君民分說暗頂久實次以長治遠

查明頂久實後股首一比先君承後是久字意對比百神四方

是實字意一線承接到底最見文骨清真

况居天下之廣居者乎

進言廣居之樂歎想之而若是乎夫廣居何居豈王子所可並

哉孟子所以進言之而歎想不置耳且吾於王子之居而嘆其

大如彼此正因其勢位之崇已耳而已非所常所有則凡不待勢

位之隆而其隆轉過于勢位者此其氣象之迥異尋常知

當何如也若王子之居此小小天下之廣居也而且可以移氣乎君

執勢益彰豈若廣居之無假外鑠而即此推較論之態已隱

一况字似勢趨前一空之法

現於氣象之間而且可以移諸爲亦稱心易足豈若廣

居之自有中藏而即此謂自得之容已發舒於身體之表

況獨居居其嘗而嘗於天爵者乎威可畏而儀可象舉人世

接出從字之公侯伯子悉不得以世運之遭逢稍易其崇高之勢況獨

自步深

居其安而安於心宅者乎入其室而升其堂舉天下之蕭藪

簪纓悉不以得於末之榮寵少勝其坦蕩之區嗟乎此非至

以之廣居乎而以是爲居將見參天地贊化育往兩間之

觀物

特穩直欲以一身同天覆載而以是爲局以見民同胞物吾
與舉一世之衆庶皆可以一身而大之色容而何假於宮室車
馬衣服之赫奕也哉數事之末節之外者耶既未於外比
者乎言於物究莫如廣居之自蘊於中棟宇之隆則扶性
命以爲幹基非其固則蘊道義以爲堂高間乘權揆
勢之後有如是之含章獨稱者乎不宮室而安不車馬而
適不衣服而美然後以宏於中而肆于外哉而獨勝於宮室

車馬衣服之端華也去數端之取第在於人者耳既取於
人者不可奪於人究莫若廣居之深藏于已根心生色其
小自然之發揚積存流光豈淺涸竭之足慮者問礙者
廣臺之華有如是之內美而會都和禮宮室之安者來
安禮車馬之適者來適禮衣服之美者來美孰小古哉
已然物誘人哉吾不禁歎想而如將見之矣
題前一居居廣居一居居居居丁居遂居

清勝點次名理竅淺幅徽上著筆極得
次字神理如此按部就班交成清正自然
氣不清順之病　沈念農師